ein Ullstein Buch

Von derselben Autorin
in der Reihe der
Ullstein Bücher

Dämon hinter Spitzenstores (1790)
Der Kuß der Schlange (1824)
Phantom in Rot (1842)
Der Tod fällt aus dem
Rahmen (1860)
Mord ist ein schweres Erbe (1879)
Mord ist des Rätsels Lösung (1898)
Schuld verjährt nicht (1916)
Der liebe böse Engel (1926)

Ullstein Buch Nr. 1939
im Verlag Ullstein GmbH,
Frankfurt/M – Berlin – Wien
Titel der englischen
Originalausgabe:
A Sleeping Life
Übersetzt von Ute Tanner

Erstmals in deutscher Sprache

im Verlag Ullstein GmbH,
Frankfurt/M – Berlin – Wien

Printed in Germany 1978
Umschlagfoto:
Photo Media, New York
Gesamtherstellung:
Ebner, Ulm
ISBN 3 548 01939 0

CIP-Kurztitelaufnahme
der Deutschen Bibliothek

Rendell, Ruth:

Leben mit doppeltem Boden:
klass. Krimi / Ruth Rendell. [Übers. von
Ute Tanner]. – Frankfurt/M, Berlin,
Wien: Ullstein, 1978.
(Ullstein-Bücher; Nr. 1939:
Ullstein-Krimi)
Einheitssacht.: A sleeping life <dt.>
ISBN 3-548-01939-0

Ruth Rendell

Leben mit doppeltem Boden

Klassischer Krimi

ein Ullstein Buch

Für Elaine und
Lesley Gray.

1

Ausnahmsweise kam er heute einmal früh nach Hause. Aber vielleicht wurde das in der nächsten Zeit sogar zum Dauerzustand. Der August war nicht nur für gesetzestreue Bürger, sondern auch für Kriminelle der traditionelle Urlaubsmonat. Während er in seine Straße einbog, fiel Wexford ein, daß seine Enkel da sein würden. Das paßte gut. Es war noch reichlich drei Stunden hell, da konnte er mit ihnen zum Fluß gehen. Robin plagte ihn schon lange deswegen. Seit seine Mutter ihm »Der Wind in den Weiden« vorgelesen hatte, war es sein größter Wunsch, einmal eine Wasserratte zu sehen.

Vor dem Haus stand Sylvias Wagen. Sonderbar, dachte Wexford. Er war der Meinung gewesen, die Jungen würden über Nacht bei ihnen bleiben. Während er seinen eigenen Wagen vorsichtig an dem seiner Tochter vorbeimanövrierte, kam Sylvia im Laufschritt aus dem Haus, den brüllenden Ben auf dem Arm, gefolgt von dem sechsjährigen Robin, der ebenfalls alles andere als vergnügt aussah. Er lief auf seinen Großvater zu.

»Du hast mir versprochen, daß wir zu der Wasserratte gehen!«

»An mir soll's nicht liegen. Ich denke, ihr übernachtet bei uns?«

Sylvias Gesicht war puterrot – vor Zorn oder vielleicht auch nur vom Laufen, denn es war sehr heiß.

»Falsch gedacht, Dad. Mein lieber Ehemann hat wieder mal alle Pläne über den Haufen geworfen – und das ausgerechnet an unserem Hochzeitstag. Hör auf zu brüllen, Ben! Er bringt einen Kunden zum Abendessen mit, und ich darf natürlich wieder mal Köchin spielen und die Kinder holen.«

»Warum läßt du sie denn nicht hier?« fragte Wexford.

»Au ja«, krähte Robin. »Laß uns doch hier, Mammi, bitte, bitte.«

»Kommt überhaupt nicht in Frage. Warum mußt du ihnen auch noch Flausen in den Kopf setzen, Dad? Ich bringe sie jetzt nach Hause, soll Neil sehen, wie er sie ins Bett bekommt.«

Sie drängte die beiden Kinder in den Wagen und fuhr los. Die Fenster waren alle offen, und das Brüllen der beiden kleinen Jungen – Robin hatte jetzt in das Protestgeschrei seines Bruders eingestimmt – wetteiferte mit dem Brüllen des mißhandelten Motors. Wexford ging achselzuckend ins Haus. Es hatte offensichtlich eine Szene gegeben, aber so wie er seine Frau kannte, war sie gegen Aufregungen dieser Art weitgehend immun. Erwartungsgemäß saß sie seelenruhig im Wohnzimmer und sah sich das Ende einer Kindersendung im Fernsehen an. Im ganzen Zimmer lagen Bücher herum, auf einem hohen Stapel saß ein Teddybär.

»Was ist denn in Sylvia gefahren?«

»Emanzipation«, erklärte Dora Wexford. »Wenn Neil einen Kunden mitbringen will, soll er sich gefälligst selber um die Vorbereitungen kümmern, soll nachmittags heimkommen, putzen, den Tisch dekken . . . Die Kinder hat sie nur abgeholt, weil er sie schlafenbringen soll. Und auf dem Heimweg wird sie die Stimmung so aufheizen, daß er sich damit schwer tun dürfte.«

»Du liebe Güte! Und ich habe sie immer für ein halbwegs vernünftiges Mädchen gehalten.«

»Es ist der reinste Tick bei ihr. Monatelang geht das jetzt schon so. Ihr Männer seid die Herren der Welt, wir sind die Sklavinnen, unbedeutende Anhängsel.«

»Warum hast du mir davon nie etwas erzählt?«

Dora schaltete den Fernseher aus. »Du hattest deine Arbeit und hättest bestimmt keine Lust gehabt, dir nach Feierabend noch all diesen Unfug anzuhören. Mich hat sie tagtäglich damit berieselt.«

Wexford hob die Augenbrauen. »Es ist also Unfug?«

»So in Bausch und Bogen möchte ich das nicht sagen. Ihr Männer habt es nach wie vor besser in unserer Welt, da gibt es gar nichts. Verstehen kann ich es schon, daß es Sylvia nicht paßt, mit den Kindern zu Hause zu sitzen, und ›ihr Leben zu vertun‹, wie sie es ausdrückt, während Neil auf der Erfolgsleiter immer höher klettert.« Dora lächelte. »Und dabei, sagt sie, hat sie ein besseres Abitur gebaut als er. Verstehen kann ich es schon, daß sie sich langweilt, wenn Ehepaare zu Besuch kommen und die Männer mit Neil über Architektur diskutieren, während die Frauen sie in eine Erörterung über das beste Putzmittel fürs Bad verwickeln. O ja, verstehen kann ich das schon . . .«

Ihr Mann sah sie an. »Geht dir das denn auch so?«

»Vergessen wir unsere lästige Tochter«, sagte Dora lachend. »Du bist so schön früh dran, daß ich gedacht habe, wir könnten nach dem Essen noch ein bißchen weggehen.«

»Gern.« Er zögerte einen Augenblick. »Aber – ihre Ehe ist doch nicht in Gefahr, oder? Ich habe mir immer eingebildet, daß die beiden sehr glücklich miteinander sind.«

»Hoffen wir, daß es sich wieder gibt. Wenn wir irgendwas sagen oder tun, machen wir wahrscheinlich alles nur noch schlimmer.«

»Bestimmt. Wohin gehen wir? Ins Kino? Oder ins Freilichttheater in Sewingbury?«

Ehe sie antworten konnte, läutete das Telefon.

»Es wird Sylvia sein«, sagte sie, »wegen Bens Teddy, den er bei uns vergessen hat. Gehst du bitte hin, Liebling? Und noch was, Reg: Sag ihr doch bitte, daß wir ihn im Vorbeifahren abgeben, ja? Heute habe ich schon lange genug seelischen Mülleimer gespielt.«

Wexford nahm ab. Daß es nicht seine Tochter war, die anrief, sah Dora, noch ehe er ein Wort gesagt hatte. Sie kannte diesen Gesichtsausdruck.

»Nicht alle gehen im August auf Urlaub«, sagte er, als er aufgelegt hatte. »Eine Tote – knapp einen Kilometer von hier entfernt.«

Er zog den Schlips wieder fest und rollte die Hemdsärmel herunter. »Ich muß gleich los. Was wirst du tun? Am Fernseher herumschalten, bis ich ihn wieder reparieren darf? Du hast es bestimmt schon manchmal bereut, daß du mich geheiratet hast.«

»Bisher noch nicht, aber vielleicht kommt das noch . . .«

Wexford lachte, gab ihr einen Kuß und fuhr zurück in die Richtung, aus der er gekommen war.

Kingsmarkham ist eine ansehnliche Stadt in Sussex. Forest Road, die letzte Straße, die postalisch noch zu Kingsmarkham gehört, geht von der Pomfret Road ab, aber um sie zu erreichen, nehmen die meisten Anwohner, um abzukürzen, den Fußpfad, der vom Ende der High Street über ein Feld führt. Wexford parkte seinen Wagen dort, wo der Fußpfad an den »Carlyle Villas«, zwei Einfamilienhäusern, in die Forest Road einmündet, und folgte dem Weg an einer hohen Ligusterhecke und Kleingärten entlang, bis er am Rand eines Wäldchens eine kleine Gruppe von Männern stehen sah.

Er erkannte Inspektor Michael Burden, Dr. Crocker, den Polizeiarzt, und zwei Fotografen. Burden kam auf ihn zu und sagte leise etwas zu ihm. Wexford nickte. Ohne einen Blick auf die Leiche zu werfen, ging er zu Detective Loring hinüber, der mit einem blassen, ziemlich aufgelöst wirkenden jungen Mann etwas abseits stand.

»Mr. Parker?«

»Ganz recht.«

»Sie haben die Leiche gefunden?«

Parker nickte. »Eigentlich mein Sohn.« Er selbst mochte kaum älter als fünfundzwanzig sein. »Aber ich glaube – ich hoffe jedenfalls, daß er es nicht mitgekriegt hat. Er ist erst sechs.«

Sie setzten sich auf eine der Bänke, die eine fürsorgliche Stadtverwaltung dort für die Senioren aufgestellt hatte. »Erzählen Sie mal«, forderte Wexford ihn auf.

»Ich hatte ihn zu meiner Schwester gebracht, damit meine Frau in Ruhe die beiden anderen ins Bett stecken konnte. Ich wohne in einem der Bungalows im Forest Road, im *Bella Vista*, das Haus da drüben mit dem grünen Dach. Vorhin holte ich Nicky ab, er spielte mit seinem Ball, der plötzlich in das lange Gras unter der Hecke rollte. Nicky lief hinterher. ›Da unten ist eine Frau‹, sagte er. Ich hatte schon so ein komisches Gefühl, ging hin und – ja, also, ich weiß, ich hätte es nicht tun dürfen, aber ich hab ihre Jacke zurechtgezogen. Nicky ist doch erst sechs und – es war Blut da, es sah nicht schön aus.«

»Verstehe«, meinte Wexford. »Sonst haben Sie nichts berührt?«

Parker schüttelte den Kopf. »Ich habe Nicky gesagt, die Dame sei krank, und wir würden jetzt heimgehen und den Arzt anrufen. Ich glaube nicht, daß er kapiert hat, was los ist, ich hoffe es jedenfalls nicht. Ich brachte ihn heim und rief die Polizei an. Ehrlich, wenn ich allein gewesen wäre, hätte ich sie nicht angefaßt.«

Wexford lächelte ihm beruhigend zu. »Es war eine Ausnahmesituation, Mr. Parker. Ich hätte es an Ihrer Stelle genauso gemacht.«

Parker stand auf. »Also eigentlich geht es mich ja nichts an, aber ... Ich weiß, wer sie ist. Vielleicht haben Sie noch nicht –«

»Nein, wir wußten es noch nicht. Wer ist sie denn?«

»Eine gewisse Miss Comfrey. Ihr Vater wohnt hier. *Carlyle Villas*, das Haus mit der blaugestrichenen Haustür. Sie muß dort übernachtet haben. Ihr Vater liegt im Krankenhaus. Oberschenkelhalsbruch.«

»Vielen Dank, Mr. Parker.«

Wexford überquerte den sandigen Weg, und Burden trat beiseite, um ihm die Sicht auf die Leiche freizugeben. Die Tote war eine große, knochige Frau mittleren Alters. Das Gesicht war stark geschminkt, die grauen Augen waren weit geöffnet. Wexford meinte in ihnen ein spöttisches Glimmen, selbst im Tod noch eine leise Verachtung zu sehen. Aber wahrscheinlich spielte ihm da seine Phantasie einen Streich.

Unter dem fest gebundenen blauen Kopftuch waren dunkle Haare zu erkennen. Einen der hochhackigen Schuhe mit altmodischen Pfennigabsätzen hatte sie verloren, er hing an einem Brombeerbusch. Auf ihren Hüften lag eine große rote Handtasche. Sie trug keine Ringe, keine Uhr, nur eine Kette aus schweren roten Glasperlen um den Hals. Die Fingernägel waren kurz geschnitten und grellrot lackiert.

Wexford kniete nieder und öffnete, seine Hände mit einem Tuch schützend, die Handtasche. Sie enthielt einen Schlüsselring mit drei Schlüsseln, eine Schachtel Streichhölzer, eine Packung Zigaretten, aus der vier fehlten, einen Lippenstift, eine altmodische Puderdose, eine Brieftasche, etwas loses Kleingeld. Keine Geldbörse. Keine Briefe oder Ausweispapiere. Die neu und teuer aussehende Brieftasche aus schwarzem Leder enthielt zweiundvierzig Pfund. Ein Raubmord war es demnach nicht gewesen.

Es fand sich kein Hinweis auf ihre Adresse, ihren Beruf oder ihre Identität – keine Kreditkarte, keine Scheckkarte, kein Scheckbuch.

Wexford schloß die Tasche und schlug ihre Jacke zurück. Das Oberteil des Kleides war schwarz von geronnenem Blut. In der dunkel verkrusteten Masse waren deutlich zwei Stichwunden zu erkennen.

2

Wexford trat zurück, und der Arzt kniete sich wieder neben die Tote. »Keine Spur von der Waffe, nehme ich an?« fragte er Loring.

»Nein, aber wir haben auch noch nicht sehr intensiv gesucht.«

»Dann fangen Sie bitte an, Sie und Gates und Marwood. Es muß ein Messer gewesen sein.« Allerdings, dachte er pessimistisch, waren die Aussichten, die Tatwaffe zu finden, minimal. »Und wenn Sie nichts finden, können Sie sich die Häuser in der Forest Road vornehmen. Parker und die *Carlyle Villas* überlassen Sie bitte mir und Burden.«

Dann wandte er sich an Dr. Crocker. »Wie lange ist sie tot, Len?«

»Allzuviel Genauigkeit darfst du so auf den ersten Blick nicht erwarten. Die Totenstarre ist voll da, aber in dieser Hitze hat sie vermutlich früher als sonst eingesetzt. Seit mehr als achtzehn Stunden, würde ich sagen. Vielleicht auch länger.«

»Danke.« Wexford nickte Burden zu. »Hier ist für uns nichts mehr zu tun, Mike. Auf geht's – zu *Carlyle Villas* und zu Parker.«

Die beiden Kriminalbeamten trennte ein Altersunterschied von fast zwanzig Jahren. Früher waren sie sich so wenig ähnlich gewesen, daß sie durch ihre gegensätzlichen Erscheinungen leicht einen komischen Effekt erzielt hatten. Aber Wexford hatte sein überschüssiges Fett verloren, während Burden schon immer schlank gewesen war. Er sah bei weitem besser aus als der ältere, aber seine fast klassischen Züge waren von bitteren Erfahrungen geprägt. Wexfords eigentlich häßliches Gesicht wirkte durch seine wache Intelligenz und seine Lebendigkeit sehr viel anziehender und vertrauenerweckender – auch und gerade auf Frauen.

Wortlos gingen sie zur Forest Road zurück. Noch gab es nichts zu sagen. Ein Mord ist für einen Polizeibeamten kein Ende, sondern ein

Anfang.

Die beiden Häuser, vor denen Wexford seinen Wagen geparkt hatte, besaßen einen gemeinsamen Giebel. Auf einer Tafel in seiner Spitze standen Name und Baujahr: *Carlyle Villas*, 1902. Wexford klopfte ohne viel Hoffnung an der blauen Haustür. Tatsächlich rührte sich nichts im Haus. Auch im Nebenhaus öffnete niemand.

Enttäuscht überquerten sie die Straße. Forest Road war eine Sackstraße, durch eine steinerne Mauer begrenzt, hinter der sich Wiesen und Wälder erstreckten. Außer *Carlyle Villas* standen hier etwa ein Dutzend Häuser, eine kleine Gruppe einfacher Häuschen nahe der Mauer, zwei, drei neuere Bungalows, ein gedrungenes graues Pförtnerhaus, das einst am Tor eines lange verschwundenen Herrenhauses gestanden hatte. *Bella Vista* stammte offensichtlich aus der Zeit, als der Einfluß Hollywoods selbst in diese entfernte Ecke von Sussex vorgedrungen war, es hatte Fenster aus gewölbtem Glas und ein Dach mit grünen Ziegeln.

Nicky war noch auf; er saß mit seiner Mutter im Wohnzimmer, das ebenso gemütlich-unordentlich wirkte wie bei Wexford daheim. Wenn Parker das junge Mädchen nicht als seine Frau vorgestellt hätte, würde Wexford sie für eine Halbwüchsige gehalten haben. Sie hatte die glatte Stirn und die runden Wangen, das seidige Haar und die unschuldigen Augen eines Kindes.

Parker sagte, heftige Grimassen schneidend: »Das ist der Arzt, Nikky, er ist sicher gekommen, um uns zu sagen, daß es der Dame wieder gut geht.«

Nicky vergrub sein Gesicht an der Schulter der Mutter.

»Alles in Ordnung«, log Wexford. »Sie ist schon wieder putzmunter.«

»Geh jetzt zu Nanna, Nicky, du darfst bestimmt bei ihr fernsehen.«

Die Spannung löste sich etwas, als das Kind das Zimmer verlassen hatte. »Danke«, sagte Parker. »Ich hoffe nur, daß er nichts zurückbehalten hat.«

»Kaum. Zum Zeitunglesen ist er noch zu klein, höchstens beim Fernsehen werden Sie vielleicht in den nächsten Tagen ein bißchen aufpassen müssen. Sie sagen, Miss Comfreys Vater sei im Krankenhaus, Mr. Parker. Wissen Sie, in welchem Krankenhaus er liegt?«

»Im Royal Infirmary in Stowerton. Wann war der Unfall, Stell, weißt du das noch?«

»Im Mai«, antwortete Stella Parker. »Miss Comfrey wollte ihn besuchen, sie kam mit dem Taxi vom Bahnhof, und als er sie sah, rannte er aus dem Haus und fiel hin und brach sich den Oberschenkel, stellen Sie sich das vor! Sie haben ihn dann mit dem Taxi gleich ins Krankenhaus gebracht, und dort liegt er seitdem. Ich hab es nicht selber gesehen, Mrs. Crown hat es mir erzählt. Miss Comfrey hat ihn bisher einmal dort besucht. Sie ist früher auch nicht oft gekommen, stimmt's, Brian?«

»Höchstens ein- bis zweimal im Jahr«, bestätigte Parker.

»Ich wußte von Mrs. Crown, daß sie gestern kommen wollte. Aber ich habe sie nicht gesehen, ich kannte sie auch nicht näher.«

»Wer ist Mrs. Crown?« fragte Burden.

»Miss Comfreys Tante. Sie wohnt neben Mr. Comfrey.«

»Leider ist dort niemand zu Hause.«

»Ich will mich ja nicht aufdrängen«, meinte Stella Parker, die offenbar sehr viel schneller schaltete als ihr Mann, »aber ich lese auch gelegentlich einen Krimi – und wenn Sie Hintergrundmaterial brauchen, können Sie gar nichts Besseres tun als mit Brians Großmutter zu sprechen. Sie hat ihr ganzes Leben lang hier gewohnt, in einem der Häuschen da unten ist sie zur Welt gekommen.«

»Ihre Großmutter wohnt bei Ihnen, Mr. Parker?«

»Sie hat uns mit ihren Ersparnissen geholfen, das Haus hier zu kaufen«, erwiderte der junge Mann, »und ist dann zu uns gezogen. Es war eine ideale Lösung, nicht Stell? Eine erstaunliche Frau, meine Großmutter . . .«

Wexford stand lächelnd auf. »Kann sein, daß ich die alte Dame noch ausfragen werde, aber nicht mehr heute. Ich lasse Sie noch wegen der amtlichen Leichenschau benachrichtigen, Mr. Parker. Wann, meinen Sie, wird Mrs. Crown heimkommen?«

»Sobald die Pubs geschlossen haben«, antwortete Parker.

»Ich würde vorschlagen, daß wir zuerst ins Krankenhaus fahren«, sagte Wexford. »Nach Crockers ungefährer Zeitangabe sieht es so aus, als sei Rhoda Comfrey ermordet worden, als sie von dem Besuch bei ihrem Vater zurückkam. Sie hat vermutlich die Abkürzung über den Fußpfad genommen.«

»Vielleicht erfahren wir von der kneipenliebenden Tante Näheres. Und wenn der alte Knabe einigermaßen ansprechbar ist, bekommen wir von ihm bestimmt die Londoner Adresse seiner Tochter.«

»Dazu müssen wir ihm erst mal beibringen, daß seine Tochter tot ist«, meinte Wexford.

Besucher des Krankenhauses hatten sich in einer Schlange vor der

Bushaltestelle am Stowerton Royal Infirmary aufgestellt. Hatte auch Rhoda Comfrey am vergangenen Abend dort gestanden? Es war zehn nach acht.

Der Mann an der Pforte wies ihnen den Weg zu der Station, auf der James Albert Comfrey lag. Sie gingen einen Korridor entlang und zwei Treppen hoch. An der geschlossenen Glastür stellte sich ihnen eine Krankenschwester deutlich fernöstlicher Herkunft entgegen und zwitscherte, daß die Besuchszeit beendet sei.

»Polizei«, sagte Burden. »Holen Sie bitte die Stationsschwester.«

»Wenn Sie so nett sein würden . . .«, setzte Wexford hinzu. »Mußt du immer so verdammt ruppig sein, Mike?«

Die kleine Asiatin kam mit Schwester Lynn zurück, einer hochgewachsenen, dunkelhaarigen Irin Mitte Zwanzig.

Mit mißbilligendem Zungenschnalzen hörte sie sich Wexfords kurzen Bericht an. »Wie schrecklich! Eine Frau, die abends zu Fuß allein herumspaziert, ist doch heutzutage ihres Lebens nicht mehr sicher! Und gestern abend war Miss Comfrey noch hier und hat ihren Vater besucht.«

»Wir werden mit ihm sprechen müssen, Schwester.«

»Aber nicht mehr heute abend, Chief Inspector, tut mir leid. Die alten Herren sind schon alle für die Nacht versorgt, es würde sie alle nur wieder durcheinanderbringen, und ich habe in zehn Minuten Dienstschluß. Ich sage es ihm morgen selbst, aber ob er es mitkriegt, kann ich nicht versprechen.«

»Er ist senil?«

»Senil? Das ist ein dehnbarer Begriff, Chief Inspector. Er ist fünfundachtzig und hat einen schweren Schlaganfall gehabt. Meist schläft er. Sie vertun nur Ihre kostbare Zeit, wenn Sie mit ihm reden. Ich bring's ihm bei, so gut ich kann. Sonst noch was?«

»Miss Comfreys Adresse bitte.«

»Aber gern.« Schwester Lynn winkte einem dunkelhäutigen jungen Mädchen, das mit einem Medikamentenwagen hinter ihnen aufgetaucht war. »Suchen Sie bitte Miss Comfreys Adresse aus den Akten heraus, Schwester Mahmud.«

»Haben Sie gestern abend mit Miss Comfrey gesprochen, Schwester?«

»Nur ganz kurz. Ich habe sie begrüßt und ihr gesagt, daß das Befinden ihres Vaters unverändert ist. Später haben wir uns noch voneinander verabschiedet. Sie ist zusammen mit Mrs. Wells gegangen. Der Mann von Mrs. Wells liegt in dem Bett neben Mr. Comfrey. Aha, hier kommt die Adresse. Danke, Schwester. Carlyle Villas, Forest Road 1, Kingsmarkham.« Schwester Lynn warf noch einen Blick auf die Karte. »Offenbar kein Telefon.«

»Das ist die Adresse von Mr. Comfrey«, widersprach Wexford. »Aber wir brauchen die Anschrift seiner Tochter.«

»Aber das ist doch auch der Wohnsitz der Tochter!«

Wexford schüttelte den Kopf. »Nein, die Tochter wohnte in London.«

»Bedauere, das ist alles was wir haben«, meinte Schwester Lynn ziemlich frostig. »Wir sind immer davon ausgegangen, daß Miss Comfrey mit ihrem Vater zusammen in Kingsmarkham wohnt.«

»Da sind Sie leider auf dem Holzweg. Was hätten Sie gemacht, wenn Sie sich mit ihr in Verbindung hätten setzen müssen, zum Beispiel, wenn es ihrem Vater schlechter gegangen wäre?«

»Wir hätten einen Brief geschrieben, oder einen Boten geschickt.« Schwester Lynn machte ein ärgerliches Gesicht. Sie faßte die Frage offenbar als persönliche Beleidigung auf. »Aber das wäre nicht nötig gewesen, Miss Comfrey hat fast jeden Tag angerufen.«

»Und das, obgleich sie angeblich kein Telefon hatte? Ich brauche die Adresse, Schwester. Lassen Sie mich mit Mr. Comfrey sprechen.«

Sie sah auf die Uhr. »Ich sage Ihnen doch, der alte Herr dämmert nur noch dahin. Und eine Adresse kann er Ihnen ebensowenig geben wie mein kleiner Hund zu Hause.«

»Na schön. Dann brauche ich zumindest die Anschrift von Mrs. Wells.« Die bekamen sie. »Wir kommen morgen wieder«, versprach Wexford.

»Tun Sie, was Sie nicht lassen können.«

Der Chief Inspector wandte sich an Burden, dem anzusehen war, daß ihm sein ruppiger Ton von vorhin im nachhinein vollauf gerechtfertigt erschien. »Dann werden wir uns die Adresse eben von der Tante geben lassen. Aber ist es nicht merkwürdig, daß sie dem Krankenhaus nicht verraten mochte, wo sie wohnt?«

»Merkwürdig? Ich weiß nicht recht . . . Alte Leute können zu einer echten Belastung werden, die meist die Frauen zu tragen haben. Früher oder später wird Comfrey ja sicher entlassen; allein kommt er dann nicht mehr zurecht. Wohin dann mit ihm? Eine bessere Lösung als eine Tochter, die noch dazu alleinstehend ist, konnten sich die Herren Ärzte und die Wichtigtuer vom Sozialamt doch gar nicht wünschen. Von einem Sohn würde man nicht ohne weiteres erwarten, daß er sich um den Vater kümmert. Wenn im Krankenhaus ihre richtige Adresse bekannt gewesen wäre, hätte man ihn vielleicht schon längst zu ihr abgeschoben.«

»Also von dir hätte ich nun am allerwenigsten Propaganda für die weibliche Gleichberechtigung erwartet«, sagte Wexford. »Man erlebt doch immer wieder Überraschungen . . . Aber ich sehe einen gewissen Widerspruch in deiner Argumentation. Im Krankenhaus glaubt man doch, daß der alte Comfrey mit seiner Tochter zusammenwohnt. Um so leichter müßte er sich eigentlich nach Hause abschieben lassen.«

»Dafür findet sich bestimmt eine Erklärung. Es ist doch nicht wichtig, oder?«

»Es ist ein Verhalten, das nicht der Norm entspricht, und dadurch wird es für mich wichtig. Auf zu Mrs. Wells, Mike, und dann zurück zur Forest Road. Dort warten wir auf die Tante.«

Mrs. Wells war eine langsam sprechende und leicht konfuse Siebzigjährige. Sie war vorher schon zweimal bei Besuchen im Krankenhaus mir Rhoda Comfrey ins Gespräch gekommen, einmal im Mai und einmal im Juli. Gestern abend waren sie um acht Uhr fünfzehn zusammen in den Bus vor dem Krankenhaus gestiegen. Worüber sie gesprochen hatten? Hauptsächlich über die Hüftoperation ihres Mannes, meinte Mrs. Wells. Miss Comfrey hatte nicht viel gesagt, sie hatte einen nervösen Eindruck gemacht. Wahrscheinlich machte sie sich Sorgen um ihren Vater. Nein, wo sie in London wohnte, wußte sie nicht. Sie hatte gedacht, Mrs. Comfrey sei in der Forest Road zu Hause.

Sie fuhren zurück zum Revier. Die Tatwaffe hatte sich nicht gefunden, und bei den Befragungen in den Häusern der Forest Road hatte sich nichts Verwertbares ergeben. Niemand hatte am vergangenen Abend etwas Ungewöhnliches beobachtet. Flüchtig hatten alle, mit denen Wexfords Leute gesprochen hatten, Rhoda Comfrey gekannt, aber nur ein Anwohner hatte sie um 18.20 Uhr das Haus ihres Vaters verlassen sehen. Von dort aus mußte sie mit dem Bus nach Stowerton gefahren sein. Ihre Londoner Adresse war den Bewohnern der Forest Road sämtlich unbekannt.

»Sie warten vor Mrs. Crowns Haus, Loring«, bestimmte Wexford. »Ich fahre schnell heim und esse einen Happen. Wenn sie kommt, rufen Sie mich bitte an.«

3

Dora hatte offenbar genäht, aber die Arbeit wieder beiseitegelegt. Als er kam, las sie einen Roman. Sie stand sofort auf, brachte ihm einen Teller Suppe, Hühnersalat und Obst. Er sprach zu Hause selten vom Dienst – eigentlich nur, wenn der Druck unerträglich wurde. Sein Zuhause war ihm eine Zuflucht, und er hatte sich genau in die Frau verliebt, die es fertigbrachte, ihm diese Zuflucht zu schaffen und zu bewahren. Ob es ihr schwerfiel? Sah sie sich als Dulderin, die diente und wartete, während der Mann im Leben stand? Bei diesem Gedanken regte sich wieder die Sorge, die er in den letzten drei Stunden verdrängt hatte.

»Was Neues von Sylvia?« fragte er.

»Neil hat den Teddy abgeholt. Ben mochte ohne ihn nicht einschlafen.« Sie legte ihm eine Hand auf den Arm. »Zerbrich dir nicht unnötig den Kopf, Reg. Sylvia ist eine erwachsene Frau und muß mit ihren Problemen allein fertig werden.«

»Dein Sohn bleibt dein Sohn, bis es Hochzeit tät geben«, zitierte ihr Mann, »die Tochter bleibt dein fürs ganze Leben.«

»Telefon.« Sie seufzte, aber es klang nicht aufrührerisch.

»Bleib nicht auf, bis ich komme«, sagte Wexford.

Jetzt, zehn Minuten vor elf, war es stockdunkel. Der Himmel stand voller Sterne. In den Carlyle Villas 2 brannte Licht, die anderen Häuser in der Straße lagen im Dunkel. Er klingelte.

»Mrs. Crown?«

Sie roch nach Gin und empfing ihn mit der Betrunkenen eigenen Sorglosigkeit, die weder Angst noch Zurückhaltung oder Mißtrauen kennt. Vielleicht war sie aber auch immer so. Er stellte sich vor und sagte ihr, weshalb er gekommen war.

»Nein, so was! Ausgerechnet Rhoda! Ganz schöner Schock. Da brauch ich was zu trinken. Für Sie auch?«

Wexford schüttelte den Kopf. Sie bediente sich aus einer Ginflasche, die auf einem Sideboard voller angetrockneter Flecken und Ringe stand. »Ich will gar nicht erst die Untröstliche spielen – wir haben uns nicht gerade geliebt. Wo, sagen Sie, ist es passiert? Auf dem Fußweg? Na, so schnell geh ich da nicht wieder lang, darauf können Sie sich verlassen.«

Sie war klein, in grelle Farben gekleidet und nicht besonders sauber. Insofern paßte sie zu dem Zimmer, in dem sie saßen. Ihr Haar hatte die Farbe und Struktur der getrockneten Gräser, die in grünen und gelben

Vasen herumstanden: verblaßt, dünn und brüchig, aber mit einem herausfordernden Goldglanz. Sie zündete sich eine Zigarette an und ließ sie beim Sprechen zwischen den Lippen hängen.

»Ihren Bruder habe ich noch nicht informieren können«, sagte Wexford. »Anscheinend ist er gesundheitlich nicht auf der Höhe.«

»Schwager, bitte sehr«, stellte Mrs. Crown richtig. »Zum Glück ist er nicht mein Bruder, der alte Teufel.«

»Es ist schon spät, Mrs. Crown«, sagte Wexford hastig, »und ich möchte Sie nicht über Gebühr aufhalten, aber ich möchte doch von Ihnen gern wissen, wo Miss Comfrey am gestrigen Tage überall gewesen ist.«

Sie blies Rauch durch ihre spitze Nase. »Wozu? Irgendwer wird sie kaltgemacht haben, um an ihre Kohlen zu kommen. Die Rhoda hatte doch Geld wie Heu.«

»Haben Sie gestern mit ihr gesprochen?«

»Sie hat mich am Freitag angerufen und mir gesagt, daß sie kommen würde. Angeblich weil sie gemeint hat, ich könnte mir Sorgen machen, wenn ich nebenan Licht seh. Ich war ganz platt. Ich nehm ab, und sie sagt: ›Hallo, Lilian, rate mal, wer da spricht . . .?‹ Na, das war nicht schwer zu raten. Die tiefe Stimme und den affigen Akzent würde ich überall erkennen. Von ihren Eltern hat sie nicht so reden gelernt – aber das interessiert Sie ja nicht. Gestern gegen eins ist sie dann gekommen, im Taxi. Aufgedonnert wie immer, aber kreuzunglücklich. Sie war immer miesepetrig, wenn sie hier war, hat kein Geheimnis draus gemacht, daß sie ungern kam.«

Lilian Crown setzte sich auf die Sofalehne und baumelte mit einem Bein. »So um viertel nach sechs ist sie dann hier aufgekreuzt. ›Willst du mit, Lilian?‹ hat sie gefragt, dabei wußte sie ganz genau, daß ich nicht mitkommen würde. Ich hab ihr gesagt, daß ich mit einem Freund verabredet war, das stimmte sogar, aber ich hab ihr angesehen, daß es ihr nicht geschmeckt hat. Sie ist immer eifersüchtig gewesen. ›Wann bist du wieder da?‹ hat sie gefragt. ›Dann komme ich noch vorbei und sag dir, wie's ihm geht.‹ So gegen zehn, sag ich und hab mich bemüht, freundlich zu sein, obgleich ich seit dem Tod meiner armen Schwester die beiden nicht verknusen konnte, Vater und Tochter, meine ich. Aber sie ist nicht gekommen, und nebenan hat auch kein Licht gebrannt. Wahrscheinlich ist sie gleich wieder nach London zurückgefahren, hab ich mir gedacht. Daß so was passieren würde, das hätte ich mir natürlich nicht träumen lassen.«

Wexford nickte. »Ich werde wahrscheinlich noch einmal mit Ihnen sprechen müssen, Mrs. Crown. Aber zunächst hätte ich gern Miss Comfreys Londoner Adresse.

»Die hab ich nicht.«

»Die haben Sie nicht?«

»Nein. Daß ich neben dem Alten wohne, ist reine Bequemlichkeit. Ich bin wegen meiner Schwester hergezogen, und als sie tot war, bin ich hier wohnen geblieben. Aber mit dem alten Comfrey habe ich schon lange kein Wort mehr gewechselt. Und Rhoda – na ja, man soll ja nichts Schlechtes über die Toten sagen. Sie war schließlich die Tochter meiner Schwester . . . Aber richtig verstanden haben wir uns nie. Als sie so um die Dreißig war, ist sie von zu Hause weggezogen, und danach hab ich sie, wenn's hoch kommt, zehn- oder zwölfmal gesehen. Wozu hätte sie mir ihre Adresse oder Telefonnummer geben sollen? Und von allein hätte ich sie bestimmt nicht darum gebeten. Ich würde sie Ihnen geben, wenn ich sie hätte. Ich hab nichts zu verbergen.«

»Sie wissen aber wohl wenigstens, was sie beruflich machte,«

»Sie war selbständig«, sagte Lilian Crown. »Hatte ihr eigenes Geschäft.« Ihr Gesicht wurde bitter. »Die hatte schon immer ein Talent dafür, an das große Geld zu kommen.«

Während der Heimfahrt versuchte Wexford, sich nach dem Gehörten ein Bild von Rhoda Comfrey zu machen: eine Frau mittleren Alters, wohlhabend, erfolgreich, wahrscheinlich selbständig; eine Frau, die ihren Geburtsort nicht mochte, weil er für sie schmerzliche Erinnerungen barg, die ihr Privatleben – und auch ihre Adresse – für sich behielt; eine intelligente, zynische, vom Leben enttäuschte Frau, der die Meinung ihrer Mitmenschen gleichgültig war und die sich um ihren unerfreulichen Vater nur aus Pflichtgefühl kümmerte. Aber noch waren solche Spekulationen verfrüht. Morgen würden sie sich einen Durchsuchungsbefehl für Mr. Comfreys Haus beschaffen, würden ihre Adresse finden, feststellen, was für ein Geschäft sie betrieb. Und dann würde sich Rhoda Comfreys Leben vor ihnen auftun.

Das »neue« Polizeirevier von Kingsmarkham stand jetzt etwa fünfzehn Jahre, und die konservative Bevölkerung war über den kahlen weißen Kasten mit Flachdach und Panoramafenstern schockiert gewesen. Aber nach eineinhalb Jahrzehnten waren die Schößlinge, die das Gebäude umstanden, zu dreifacher Größe herangewachsen, so daß jetzt das kahle Weiß durch das Grün der Birken und des Goldregens gemildert wurde. Wexford hatte sein Büro im zweiten Stock: butterblumengelbe Wände, an denen Landkarten und ein dekorativer Kalender mit Sussex-Landschaften hingen, ein neuer blauer Teppich, sein Rosenholzschreibtisch, sein persönlicher Besitz. Durch das große Fenster sah er die High Street, ein Gewirr von Dächern, grüne Wiesen. Heute, am Mittwoch, dem 10. August, stand es weit offen, die Klimaanlage war ausgeschaltet. Wieder war es, wie der nächtlich-klare Himmel, die Sterne und der helle Mond versprochen hatten, ein schöner Tag geworden.

Er hatte morgens nur kurz hereingeschaut und war dann zum Stowerton Royal Infirmary gefahren. Inzwischen hatte man ihm die Kleidung von Rhoda Comfrey heraufgeschickt und auf seinen Schreibtisch gelegt. Als Wexford jetzt eintrat, legte er die ersten Ausgaben der Abendzeitungen daneben, die er sich eben gekauft hatte. Alte Jungfern waren offenbar selbst als Mordopfer nicht schlagzeilenträchtig. Beide Zeitungen hatten für das Verbrechen nur zwei Absätze auf einer der Innenseiten übrig.

James Albert Comfrey. Sie hatten einen geblümten Vorhang um sein Bett gezogen. Seine Hände, rauh und krummgezogen, bewegten sich wie im Krebsgang über die Decke, zupften an einem Wollfaden, ließen wieder los, krochen zurück, begannen das Spiel von neuem. Sein Mund stand offen, er atmete röchelnd. Wexford sah, wie ähnlich die Tochter ihm gewesen war: große Nase, lange Oberlippe, gekerbtes Kinn.

»Na, was habe ich Ihnen gesagt?« triumphierte Schwester Lynch. »Er hat überhaupt nicht reagiert, als ich's ihm beigebracht habe. Er kriegt kaum noch was mit.«

»Mr. Comfrey!« Wexford trat an das Bett des alten Mannes.

»Die Mühe können Sie sich sparen.«

»Ich möchte gern in seinen Schrank sehen.«

»Das kann ich nicht gestatten.«

»Ich habe einen Durchsuchungsbefehl für sein Haus.« Allmählich verlor Wexford die Geduld. »Was hindert mich daran, einen weiteren Durchsuchungsbefehl für seinen Schrank zu beantragen?«

»Und wie stehe ich da, wenn er wieder gesund wird?«

»Glauben Sie wirklich, er beschwert sich bei der Krankenhausverwaltung?« Ohne ein weiteres Wort hatte Wexford das unterste Fach des Schranks geöffnet. Es war leer bis auf ein Paar Hausschuhe und einen zusammengerollten Morgenrock. In dem Fach darüber lagen ein Gebiß in einer Plastikdose und eine Brille. Daß dieser Mann überhaupt ein Adreßbuch besessen hatte, schien mehr als unwahrscheinlich.

Wexford war enttäuscht wieder gegangen. Aber im Haus selbst, sagte er sich, würde er sicher die Adresse finden, und notfalls würden auch die spärlichen Berichte in den Zeitungen ihre Londonder Freunde und Bekannte alarmieren, Arbeitgeber oder Arbeitnehmer, die sie inzwischen schon vermißt haben mußten.

Er sah sich ihre Sachen an. Rhoda Comfreys Kleid und Jacke, Schuhe und Unterwäsche waren unauffällig, Kleidungsstücke in mittlerer Preislage, die höchstens eine für eine Frau ihres Alters nicht selbstverständliche Vorliebe für bunte Farben und verspielte Schnitte verrieten. Die Schuhe waren ausgetreten, an Kleid und Unterrock hing kein Parfümgeruch. Er sah auf die Firmenschilder. Die Schuhe kamen aus einer Filialkette, die Kleider mochte sie in einem der vielen Warenhäuser auf der Oxford Street oder in Knightsbridge gekauft haben.

Es klopfte. Dr. Crocker steckte den Kopf durch die Tür. »Na, was haben wir denn für Sorgen?« fragte er munter.

Sie kannten sich von klein auf. Als Leonard Crocker in der ersten und Reginald Wexford in der sechsten Klasse war, hatte Wexford manchmal die verhaßte Aufgabe gehabt, den stets zu Streichen aufgelegten Bengel nach Hause zu bringen; er wohnte in der nächsten Querstraße.

»Rate mal«, knurrte er.

Crocker trat an den Schreibtisch und nahm einen Schuh in die Hand. »Der alte Knabe ist mein Patient, wußtest du das?«

»Nein, das wußte ich nicht. Und ich hoffe nur, daß du nicht wieder mal den Geheimnisvollen zu spielen gedenkst, mit ärztlicher Schweigepflicht und so.«

»Der alte Comfrey tanzte regelmäßig jeden Dienstagabend bei mir an«, erzählte Crocker, großzügig den Hieb überhörend. »Abgesehen von seinem Alter fehlte ihm nichts, bis er sich den Oberschenkel brach. Diese alten Leute brauchen einfach jemanden, mit dem sie reden können. Ich dachte, so was interessiert dich.«

»Hm . . . Hatte er denn etwas Interessantes zu reden?«

»Seine Tochter war bei ihm Thema Nummer Eins. Er hat ständig gejammert, daß sie ihn allein hat sitzenlassen, als ihre Mutter tot war, und sich höchstens einmal im Jahr sehen ließ.«

»Dann weißt du vielleicht auch, wo die undankbare Tochter gewohnt hat?«

»In London.«

»Besten Dank, so schlau bin ich auch. Ich bitte dich, Len, der alte Knabe ist fünfundachtzig. Angenommen, du wärst zu ihm gerufen worden, weil er im Sterben lag – wie hättest du dich mit seinen nächsten Angehörigen in Verbindung gesetzt?«

»Auch was das Sterben betrifft, haben sich die Zeiten geändert, Reg. Der Hausarzt hat damit überhaupt nichts mehr zu tun, die meisten Leute sterben heutzutage im Krankenhaus. Oft ist es ein langer, schmerzlicher Vorgang, und in dieser Zeit gelingt es eigentlich immer, die Anschrift der Angehörigen herauszubekommen.«

»Irrtum«, widersprach Wexford gereizt. »Das Krankenhaus hat die Adresse bis heute nicht. Was sagst du nun? Aber ich brauche diese verflixte Adresse!«

»Sie liegt sicher irgendwo im Haus herum«, meinte Crocker unbekümmert.

»Das hoffe ich stark. Ich schaue mich dort jetzt mal um.«

Der Arzt sprang auf und fragte eifrig, wie so oft als kleiner Junge: »Darf ich mitkommen?«

»Meinetwegen. Aber nur, wenn du keinen Unsinn machst und meinen Leuten nicht im Wege stehst.«

»Was du auch von mir denkst . . . Wer, meinst du, genießt nach den neuesten Meinungsumfragen das höchste Ansehen in der Gemeinschaft? Die praktischen Ärzte.«

»Daß es nicht die Bullen sind, hätte ich mir denken können«, gab Wexford bissig zurück.

4

Im Haus schlug ihnen ein Geruch nach altem Mann, Schweiß, Kohl und Kampfer entgegen.

»Wovon die Motten wohl gelebt haben, ehe der Mensch anfing, wollene Sachen zu tragen?«

»Wahrscheinlich von den Schafen«, meinte der Arzt.

»Haben denn Schafe Motten?«

»Keinen Schimmer. Eine richtige Müllkippe, diese Bude . . .«

Sie sahen die Schubkästen in den beiden unteren Räumen durch. Kaputte Füller und Bleistifte, ausgetrocknete Tintenflaschen, Heftpflaster, Gläser mit Nadeln, abgebrannten Streichhölzern, Nägeln, Muttern und Schrauben; eine Schlüsselsammlung, ein Paar durchlöcherte schmutzige Socken, Pennies und Threepenny-Stücke der alten Währung, Schnurenden, eine kaputte Uhr, Murmeln und getrocknete Erbsen. Eine elektrische Birne, Stanniolkapseln von Milchflaschen, der Deckel einer Farbdose mit blauen Lackresten im Ton der Haustür,

Zigarettenbildchen, Bildernägel und ein schon fast antiker Rasierpinsel.

»Hübscher Nährboden für Milzbrand«, sagte Crocker und nahm etwa ein Dutzend Schachteln und Döschen mit Pillen an sich, die auf der Kommode aufgereiht waren. »Das Zeug werde ich ganz schnell verschwinden lassen. Man kann ihnen noch so oft sagen, sie sollen die alten Medikamente wegwerfen – sie tun's einfach nicht. Was diese Sparsamkeit soll, da sie die Sachen doch sowieso kostenlos bekommen, ist mir schleierhaft.«

Oben hörten sie Burden, Loring und Gate herumgehen. Wexford kniete nieder und öffnete die untere Schublade. Unter vielen Mottenkugeln fanden sich weitere muffig riechende Socken, ein angerissenes Paket Vogelfutter, darunter ein ovaler Bilderrahmen. Er drehte ihn um und sah in das Gesicht einer jungen Frau mit kurzem, dunklen Haar, energischem Kinn, langer Oberlippe und ziemlich großer Nase.

»Das muß sie sein«, sagte er zu dem Polizeiarzt.

»Meinst du? Ich habe sie erst nach ihrem Tod zu sehen bekommen, und da sah sie wesentlich anders aus. Aber du hast recht, sie ist dem Alten wie aus dem Gesicht geschnitten.«

Wexford dachte an das verschminkte Gesicht und sagte nachdenklich und ein wenig traurig: »Es ist eben eine alte Aufnahme . . .«

Aber die Tote selbst hatte durchaus keinen traurigen Eindruck gemacht. Sie hatte – wenn man so etwas überhaupt sagen konnte – fast selbstzufrieden ausgesehen. »Wir versuchen es mal oben«, sagte er.

Das Haus hatte kein Badezimmer, die einzige Toilette war draußen im Garten. Die Treppe war mit Linoleum belegt. Burden kam aus James Comfreys Schlafzimmer.

»Eine richtige Räuberhöhle. Ob ihr's glaubt oder nicht, im ganzen Haus ist kein einziges Buch, kein Brief, keine Postkarte.«

»Wie steht's mit dem Gästezimmer?« meinte Crocker.

Auf der weißen Bettdecke lagen ein frisch gebügeltes Kleid aus marineblauem Synthetikmaterial, eine blaue Nylonbluse und eine Strumpfhose, noch in der Originalverpackung. Außer dem Bett enthielt das Zimmer an Möbeln nur noch einen Kleiderschrank und eine kleine Kommode, auf der ein Koffer lag. Wexford sah hinein. Er enthielt einen cremefarbenen Pyjama, der von besserer Qualität war als Rhoda Comfreys sonstige Sachen, Badepantoffeln und eine Kosmetiktasche. Schrank und Kommode waren leer.

»Unglaublich«, sagte Wexford ziemlich verzweifelt. »Die Person gibt weder ihrer Tante noch dem Krankenhaus, in dem ihr Vater liegt, noch dem Arzt ihres Vaters oder seinen Nachbarn ihre Adresse. Sie liegt auch nirgends im Haus herum, der Vater hat sie nicht mit im Krankenhaus. Was zum Teufel wurde hier gespielt?«

»Verstecken«, sagte der Doktor.

Wexford schnaubte verächtlich. »Ich geh mal über die Straße. Seht zu, daß ihr alles wieder so verlaßt, wie ihr es vorgefunden habt. Das bedeutet, daß ihr alles wieder in Unordnung bringen müßt. Und laß Mrs. Crown offiziell die Leiche identifizieren, Mike. Ich wünsche dir viel Vergnügen mit ihr.«

Nicky Parker öffnete die Tür von *Bella Vista*, dicht gefolgt von seiner Mutter. Wieder wurde um des Kindes willen die kleine Komödie gespielt und Wexford als Arzt ausgegeben. Warum auch nicht. Genossen nicht Ärzte in der Gemeinschaft das höchste Ansehen? Irgendwo weinte ein Baby, und Stella Parker machte einen abgehetzten Eindruck.

Wexford fragte, ob er wohl ein paar Worte mit der Großmutter sprechen könnte, und wurde in eins der hinteren Zimmer geführt.

In einem Sessel, im Schoß ein Sieb mit Erbsen, die sie auspuhlte, saß eine Frau von wahrhaft biblischem Alter.

»Nanna, das ist der Inspektor von der Polizei.«

»Guten Tag, Mrs. –«

»Nanna heißt auch Parker, wie wir.«

Sie war umgeben von Vorbereitungen für das Mittagessen der Familie. Auf dem Boden, auf der einen Seite ihres Sessels, stand ein Topf mit geschälten Kartoffeln in Wasser, daneben die Schüssel mit den Schalen, ebenfalls in Wasser. Vier Äpfel warteten offenbar noch darauf, geschält zu werden. Teig lag fertig auf einem Teller. Offenbar machte sie sich trotz ihres Alters noch immer im Haushalt nützlich. Wexford dachte daran, daß Parker seine Großmutter eine erstaunliche Frau genannt hatte und fing an, ihn zu begreifen.

Die alte Frau öffnete die letzte Erbse, ein besonders großes Exemplar und sagte, als seien sie alte Bekannte:

»Als ich jung war, hieß es: Wenn du neun Erbsen in einer Schote findest, leg sie über deine Tür, und der nächste Mann, der hereinkommt, wird dein Liebster.« Sie ließ die neun Erbsen in das Sieb fallen und wischte sich die grün gewordenen Finger an der Schürze ab.

»Haben Sie das mal versucht?« wollte Wexford wissen.

»Was meinen Sie? Sprechen Sie lauter.«

»Haben Sie es mal versucht?«

»Keine Spur. Das hatte ich nicht nötig. Ich war mit Mr. Parker verlobt, seit wir fünfzehn waren. Setzen Sie sich, junger Mann, Sie sind zu groß, um aufrecht zu stehen.«

Wexford gehorchte belustigt und ein wenig geschmeichelt. »Mrs. Parker«, setzte er mit erhobener Stimme an, aber sie unterbrach ihn mit einer Frage, die sie höchstwahrscheinlich besonders gern stellte: »Für wie alt halten Sie mich?«

Zweimal in ihrem Leben freut sich eine Frau, wenn man sie für älter hält als sie ist – wenn sie unter sechzehn und über neunzig ist.

Sie wartete die Antwort nicht ab. »Zweiundneunzig«, sagte sie. »Und ich putze immer noch das Gemüse und mache mein Bett selbst und halte mein Zimmer sauber. Und während Stell im Krankenhaus lag, als Katrina geboren wurde, hab ich Brian und Nicky versorgt. Damals war ich allerdings erst fünfundachtzig. Elf Kinder hab ich gehabt und aufgezogen. Sechs sind jetzt schon tot.« Sie sah ihn an. Wenn der Kranz von Fältchen nicht gewesen wäre, hätte man die blauen Augen für die eines jungen Mädchens halten können. »Es ist nicht gut, wenn die Kinder vor einem gehen, junger Mann. Brians Dad war mein Jüngster; im November ist er schon zwei Jahre tot. Er war erst fünfzig. Aber Brian und Stella sind sehr lieb zu mir.« Ihre Gedanken kehrten zu diesem Fremden zurück, der vermutlich gekommen war, um etwas Bestimmtes von ihr zu erfahren. »Was wünschen Sie? Von der Polizei sind Sie, hat Stella gesagt.« Sie lehnte sich zurück, stellte das Sieb auf den Boden und faltete die Hände. »Geht's um Rhoda Comfrey?«

»Hat Ihr Enkel Ihnen davon erzählt?«

»Natürlich. Noch ehe er Sie verständigt hat.« Sie war offensichtlich stolz darauf, daß die Jungen Vertrauen zu ihr hatten, und lächelte, aber nur ganz flüchtig. »Schmählich ermordet hat man sie.«

»Ja. Sie kannten Miss Comfrey gut, Mrs. Parker?«

»So gut wie meine eigenen Kinder. Sie hat mich immer besucht, wenn sie hier war. Sie kam lieber zu mir als zu ihrem eigenen Dad.«

Endlich, dachte er. »Dann können Sie mir sicher Rhodas Adresse sagen.«

»Sprechen Sie doch bitte lauter.«

»Ihre Adresse in London.«

»Die weiß ich nicht. Was sollte ich auch damit? Ich hab seit zehn Jahren keinen Brief mehr geschrieben. In meinem ganzen Leben bin ich nur zweimal in London gewesen.«

Der Besuch war also reine Zeitverschwendung – und er konnte es sich nicht leisten, kostbare Zeit zu verschwenden.

»Aber ich kann Ihnen alles über sie sagen, was Sie wissen wollen«, fuhr Mrs. Parker fort. »Und auch über die Familie. Niemand weiß da so gut Bescheid wie ich. Sie sind an die richtige Adresse gekommen, junger Mann.«

»Mrs. Parker, ich glaube nicht –« Was Wexford im Augenblick interessierte, war eine Adresse, keine Lebensgeschichte. Aber sie hatte schon angefangen.

»Die Eltern kamen her, als Rhoda noch ein kleines Mädchen war. Ein Einzelkind. Sie hat mit meinen beiden Jüngsten gespielt. Die Mutter, die Agnes Comfrey, war eine schwächliche, armselige Person, sie hat sich nicht durchsetzen können. Mr. Comfrey war ein echtes Ekel. Ich will nicht behaupten, daß er sie oder Rhoda geschlagen hat, aber er war ein richtiger Haustyrann. Haben Sie diese Mrs. Crown schon gesprochen?«

»Ja«, sagte Wexford, »aber –« Nein, dachte er, nicht auch noch die Tante . . . Doch sie redete schon weiter, hatte den Einwurf offenbar nicht gehört.

»Na, dann steht Ihnen noch was bevor. Ein Schandfleck für die ganze Gegend, diese Frau. Wie sie hergekommen ist, da lebte ihr erster Mann noch. Das war vor dem Krieg, aber aufgeführt hat sie sich damals schon wie ein richtiges Flittchen. Zu trinken hat sie allerdings erst angefangen, als er in Dünkirchen geblieben ist. Drei Monate später kam das Kind zur Welt, na ja, es kann ja wirklich seins gewesen sein, ich will da nichts sagen . . . Mongoloid war's, das arme Kerlchen. John hatten sie ihn genannt. Sie ist dann mit dem Kind zu den Comfreys gezogen. Aggie ist alle Naselang völlig aufgelöst zu mir gekommen und hat mir ihr Herz ausgeschüttet, wenn Lilian wieder mal was angestellt hatte und Jim Comfrey drohte, sie an die frische Luft zu setzen.

Na, was soll ich lang reden, gerade noch rechtzeitig lernte sie diesen Crown kennen, und sie zogen in das Nachbarhaus, das hatte den ganzen Krieg über leer gestanden. Und was glauben Sie, was sie dann gemacht hat?«

Wexford starrte wie hypnotisiert auf die Erbsenpyramide. »Ich will's Ihnen sagen: Den kleinen John hat sie in ein Heim gesteckt, jawohl! Und so was nennt sich nun Mutter. Ein liebes, zärtliches Kind war er, wie man das oft bei dieser Krankheit hat. Er hing an Rhoda, sie ist immer mit ihm spazierengegangen und hat sich überhaupt nicht geniert.«

»Wie alt war sie da etwa, Mrs. Parker?« fragte Wexford, nur um etwas zu sagen. Es war ein Fehler, denn im Grunde genommen interessierte es ihn nicht sehr, und er mußte die Frage zweimal wiederholen, bis sie ihn verstanden hatte.

»Sie war zwölf, als er geboren wurde, und sechzehn, als Lilian ihn weggesteckt hat. Rhoda ging in die County High School; mit vierzehn wollte Mr. Comfrey sie herausnehmen, das ging damals noch. Die Direktorin – Mrs. Fowler hat sie geheißen – ist persönlich zu den Eltern gekommen und hat ihn gebeten, Rhoda weiter zur Schule gehen zu lassen, weil sie so aufgeweckt war. Eine Weile hat er sich noch überreden lassen, aber daß sie in eine Fachschule ging, kam nicht in Frage, mit sechzehn war dann endgültig Schluß, er wollte endlich Geld von ihr sehen, hat er gesagt, der alte Geizkragen.«

Es war sehr heiß, und die Worte begannen nur halb gehört an Wexford vorbeizurauschen. Es war die übliche Geschichte von den kurzsichtigen Eltern aus der Arbeiterklasse, denen Geld auf der Hand mehr wert ist als eine solide Berufsausbildung.

»Erst hat sie als Verkäuferin gearbeitet, aber sie wollte weiterkommen, hat sich in ihrem Zimmer eingesperrt, saß ständig über Büchern, hat allein Französisch gelernt . . . ging in einen Steno- und Schreibmaschinenkurs . . .«

Wie zum Teufel kam er an die Adresse heran? Die Kleidung, die altmodischen Schuhe waren keine Identifizierungsmerkmale. Die scharfe alte Stimme erzählte weiter. »Besonders ansehnlich war sie nicht . . . nie einen Freund gehabt . . . diese Lilian hat sie immer damit aufgezogen . . . ›Wann schaffst du dir endlich mal 'nen Liebsten an, Rhoda?‹ . . . Sie wurde dann Sekretärin . . . Das arme Ding, hat sich angezogen wie Lilian, bunte Sachen und hohe Absätze und furchtbar viel Farbe im Gesicht.« Er würde Hilfestellung bei der Presse suchen müssen. Aber wie? Mit dem alten Foto? »Aggie kriegte dann Krebs . . . Ging erst zum Arzt, als es zu spät war . . . ist noch operiert worden, aber es hatte keinen Zweck . . . Sie starb, und Rhoda blieb mit dem Alten allein . . .«

Auf keinen Fall würde er der Veröffentlichung von Fotos der Leiche zustimmen, das hatte er noch nie getan und würde es auch in Zukunft nicht tun. Wenn nur Mrs. Parker zum Ende kommen würde – aber sie hatte noch zwanzig Jahre vor sich. »Und sie wäre wahrscheinlich daheimgeblieben, hätte sich zur Sklavin für den Alten gemacht, wenn nicht das Geld gewesen wäre . . .«

»Was sagten Sie eben?«

»Wer von uns beiden ist hier eigentlich schwerhörig, junger Mann?« fragte Mrs. Parker.

»Entschuldigen Sie bitte – aber was war mit dem Geld?«

»Wenn man Ihnen was erzählt, sollten Sie zuhören und nicht vor sich hinträumen. Sie hat es gewonnen, im Fußballtoto. In einer Gemeinschaftswette im Büro. Der Alte hat gedacht, daß er jetzt fein raus ist. ›Ein goldener Regen‹, sagte er zu meinem Ältesten. Aber da hatte er sich geschnitten. Rhoda hat ihn einfach sitzenlassen, und aus war's mit dem Haus, das er sich hatte anschaffen wollen, und dem dicken Wagen und allem.«

»Wieviel war es?«

»Wieviel war was? Was sie gewonnen hatte? Tausende. Sie hat's mir nie gesagt, und ich wollte nicht fragen. Eines Nachmittags kam sie zu mir – ich wohnte damals in einem der Häuschen weiter oben – und brachte einen großer Koffer mit. Da war sie dreißig, es ist fast auf den Tag genau zwanzig Jahre her. Sie hatte am gleichen Tag wie ich Geburtstag, am 5. August. ›Ich gehe, Auntie Vi‹, sagt sie. ›Ich fahre nach London, um mein Glück zu machen.‹ Und dann hat sie mir noch die Adresse von einem Hotel gegeben und mich gebeten, ich sollte all ihre Bücher einpacken und an sie schicken lassen. Aber dazu bin ich nicht mehr gekommen, Jim Comfrey hat sie im Garten verbrannt.«

»Gestern – ich meine vorgestern – haben Sie Miss Comfrey nicht gesehen?« schrie Wexford in voller Lautstärke dazwischen.

»Nein. Ich hab nicht gewußt, daß sie kommen wollte. Aber sie hätte mich besucht, wenn nicht –«

»Was wollte sie in London anfangen, Mrs. Parker?«

»Sie wollte Reporterin werden, bei einer Zeitung. Sie war Sekretärin bei dem Chefredakteur der *Gazette* gewesen und hatte ab und zu schon mal was für das Blatt geschrieben. Das hab ich Ihnen alles vorhin schon erzählt, Sie haben bloß nicht richtig zugehört.«

»Aber Mrs. Crown sagt, sie hätte ihr eigenes Geschäft gehabt«, wandte er verblüfft ein.

»Da kann ich nur eins sagen: Wer der was glaubt, ist selber schuld. Rhoda ist Reporterin geworden und hat Erfolg gehabt. Sie hatte eine schöne Wohnung, erzählte sie mir, und mit dem Geld, das sie gewonnen hatte, und mit ihrem Gehalt –«

»Wissen Sie, welche Zeitung es war?« brüllte er. »Und in welcher Gegend hat sie gewohnt?«

Mrs. Parker richtete sich bolzengerade auf. »Ich kann Ihnen bloß wünschen, junger Mann, daß Sie nie schwerhörig werden. Die Hälfte von dem, was die Leute zu einem sagen, geht an einem vorbei, und man kann doch nicht ständig fragen: Wie bitte? Die denken doch, man ist altersschwach. Rhoda sagte immer, sie hätte mal hier, mal da was geschrieben, und sie sei hier gewesen und da und hätte dies und das für ihre Wohnung gekauft, und sie hat erzählt, wie schön alles wäre und was für nette Freunde sie hätte. Ich hab sie gern reden hören, ich fand es nett, daß sie sich um eine alte Frau kümmerte, aber ich hab nicht die Hälfte von dem mitgekriegt, was sie gesagt hat.«

Wexford stand auf, enttäuscht und einigermaßen benommen. »Ich muß jetzt gehen, Mrs. Parker.«

»Ich will Sie nicht aufhalten«, gab sie spitz zurück und fügte ohne jedes Anzeichen von Erschöpfung hinzu: »Sie haben mich ganz fertiggemacht mit Ihrem Gebrüll.« Sie reichte ihm das Sieb und den Kartoffeltopf. »Hier, Sie können sich noch nützlich machen. Geben Sie das Stell und sagen Sie ihr, sie soll mir eine Pastetenform bringen.«

5

War sie vielleicht freiberufliche Journalistin gewesen?

Diese Frage stellte Wexford auf der Pressekonferenz, die er am Nachmittag abhielt, Harry Wild vom *Kingsmarkham Courier* und dem einzigen Reporter, den ein überregionales Blatt geschickt hatte. Beiden sagte der Name nichts.

Hinterher ging der Chief Inspector mit Burden und Dr. Crocker in sein Stammlokal, die »Olive und Taube«. Sie setzten sich nach draußen in den kleinen Garten. Es war ein für England seltener Sommer. Wochen, ja, Monate ununterbrochener Sonne hatten die Geranien zu ungeahnter Höhe emporwachsen lassen und Fuchsien von einer Größe und Üppigkeit produziert, wie man sie sonst nur im Gewächshaus sieht. Sie trugen alle drei kein Jackett, aber der Arzt hatte als einziger ein T-shirt an, ein kurzärmeliges Teenagerhemd, in dem er auch seine Krankenbesuche machte und mit dem er seine Patientinnen betörte.

Wexford hatte ein Glas Weißwein vor sich, der eigentlich kalt getrunken werden wollte, heute aber etwa Körpertemperatur hatte. Gelegentlich trank er auch mal ein Bier, aber nur, wenn es Crocker, sein gestrenger medizinischer Mentor, nicht sah.

Er beglückwünschte den Freund zunächst zu der treffend geschätzten Todeszeit. Nach Aussage des prominenten Pathologen, der die Obduktion durchgeführt hatte, war der Tod zwischen sieben und neun Uhr dreißig eingetreten.

»Halb neun dürfte am wahrscheinlichsten sein – auf dem Heimweg von der Bushaltestelle.« Wexford trank einen Schluck von seinem warmen Wein. »Sie war eine kräftige, gesunde Frau – bis jemand ihr ein Messer in den Leib stach. Ein Stich traf die Lunge, der andere den linken Herzventrikel. Keine Krankheitsbefunde, keine Anomalien. Mit einer Ausnahme. Ja, ich schätze, heute könnte man das eine Anomalie nennen . . .«

»Nämlich?« fragte Crocker neugierig.

»Sie war Jungfrau.«

Burden, der Puritaner, hob empört den Kopf. »Immerhin war sie eine unverheiratete Frau! Wir haben es weit gebracht, das muß ich schon sagen, wenn man etwas, was für eine Frau ihres Standes völlig normal ist, als Anomalie bezeichnet.«

Wexford seufzte. »Ich weiß, du kannst nicht aus deiner Haut, Mike – aber ich muß dir widersprechen. Vor hundert Jahren, vor fünfzig, ja, sogar noch vor zwanzig Jahren wäre das für eine fünfzigjährige Frau nichts Ungewöhnliches gewesen. Heute ist das anders.«

»Wenn ihr mich fragt, ist es heutzutage sogar für eine Frau von fünfzehn ungewöhnlich«, ließ sich der Doktor vernehmen.

»Überleg mal, Mike: Sie war erst dreißig, als sie ihr Elternhaus verließ. Zu jener Zeit begannen sich die Sitten schon zu lockern. Geld hatte sie, wahrscheinlich lebte sie allein, ohne Anstandsdame. Schön, sie mag nie besonders attraktiv oder charmant gewesen sein, aber sie war andererseits auch nicht abstoßend, sie war kein Krüppel. Ist es nicht wirklich erstaunlich, daß sie zumindest in jenen ersten zehn Jahren keine einzige Liebesgeschichte, nicht einmal eine flüchtige Affäre – um der Erfahrung willen – gehabt hat?«

»Frigide«, stellte Crocker fest. »Die Annahme, daß heute alle Welt nur so von einem Bett ins andere hüpft, ist völlig falsch. Es gibt genug Leute, die sich überhaupt nicht für Sex interessieren. Besonders Frauen.«

Burden leerte sein Glas und machte ein Gesicht, als hätte er eine bittere Medizin geschluckt. »Meiner Meinung nach hat das absolut nichts mit dem Mord an Rhoda Comfrey zu tun.«

»Möglicherweise nicht, Mike. Es scheint ziemlich nebensächlich, wenn man bedenkt, daß wir nicht einmal wissen, wo sie wohnte, wie sie wohnte, wer ihre Freunde waren. Aber ich hoffe, daß sich das alles morgen herausstellt.«

»Warum ausgerechnet morgen?«

»Weil ich damit rechne, daß dieser langweilige kleine Provinzmord morgen doch noch Schlagzeilen macht. Ich bin der Presse gegenüber sehr offen gewesen und habe den Reportern das vorgesetzt, was sie gern bringen. Ich habe ihnen auch das Foto gegeben – man muß es einfach mal versuchen. Es würde mich sehr wundern, wenn wir morgen nicht in den Zeitungen lesen würden: ›Ermordete Frau führt Doppelleben‹ und ›Welches Geheimnis verbarg die Erstochene?‹.«

»Du hoffst, daß irgendein Nachbar, ihr Arbeitgeber oder der Milchmann den Artikel liest und sich mit uns in Verbindung setzt?«

Wexford nickte. »Ich habe der Presse eine Nummer angegeben, bei der die Öffentlichkeit Auskünfte loswerden kann. Der Nachbar oder Arbeitgeber hat möglicherweise heute schon von dem Mord gelesen, ohne zu überlegen, daß wir ihre Adresse noch nicht kennen.«

Der Arzt stand auf, um neue Drinks zu holen. »Sämtliche Spinner werden sich ans Telefon hängen«, sagte Burden. »Männer, denen 1956 die Frau weggelaufen ist, Paranoiker, Sensationshascher . . .«

»Das hilft nichts. Wir müssen eben die Spreu vom Weizen trennen. Darin haben wir ja inzwischen Übung.«

Die Presse reagierte prompt. Sie schoß, wie immer, mit ihren bizarren Schlagzeilen weit übers Ziel hinaus. Selbst wenn das stark retuschierte Foto keine Erinnerungen wachrief, so mußte doch zumindest der Text Freunde und Bekannte der Ermordeten alarmieren. In den Artikeln konnte man Rhoda Comfreys Vergangenheit nachlesen: Ihr Leben in Kingsmarkham, ihre Verbindung zur alten *Gazette*, die Einzelheiten der Krankheit ihres Vaters, all das war ausführlich dargestellt. Mrs. Parker und Mrs. Crown hatten offenbar doch ihren Nutzen gehabt.

Um neun begann das Telefon zu läuten. Burden hatte natürlich recht gehabt. Sämtliche Spinner riefen an. Da war der Spiritist, dessen Schwester vor fünfzehn Jahren gestorben war und der sich nicht davon abbringen ließ, Rhoda Comfrey müsse die Reinkarnation dieser Schwester gewesen sein; der Sohn, dessen Mutter ihn im zarten Alter von zwölf Jahren alleingelassen hatte; der gerade aus einer Nervenheilanstalt entlassene Ehemann, dessen Frau – die er als soeben vermißt gemeldet hatte – ihm mit einer verlegenen Entschuldigung den Hörer aus der Hand nahm; der Seher, der sich anbot, die Adresse der Toten nach der Aura ihrer Kleidung zu erraten. Keiner dieser Anrufe erreichte Wexfords Refugium, man berichtete ihm nur davon. Er persönlich sprach mit George Rowlands, dem früheren Chefredakteur der *Gazette*, der ihm nur sagen konnte, daß Rhoda eine gute Sekretärin mit journalistischem Talent gewesen war. Jeden ernstgemeinten und einigermaßen vernünftigen Anruf nahm er persönlich entgegen, aber der Tag verging, ohne daß sich seine Hoffnungen erfüllten.

Am Freitag war die Leichenschau, die ohne besondere Vorkommnisse über die Bühne ging.

Auch am Samstag kamen noch Anrufe, aber es fand sich niemand, der Rhoda Comfrey persönlich kannte oder mit ihr zusammengearbeitet hatte. Kein Bankdirektor meldete, daß sie ein Konto bei seiner Bank gehabt hatte, kein Vermieter teilte mit, daß sie bei ihm gewohnt hatte.

»Das ist doch einfach lächerlich«, empörte sich Wexford. »Sie kann doch nicht in einem Zelt im Hyde Park gehaust haben.«

»Sie hat sich also tatsächlich einen anderen Namen zugelegt.« Burden stand am Fenster und beobachtete den Bus von Stowerton, dem eine Rhoda Comfrey nicht unähnliche Frau entstieg. Sie ging in Richtung Forest Road davon. »Das übliche hysterische Getue, habe ich gedacht, als die Presse auf deine Veranlassung hin den ganzen Zauber über ihr Doppelleben brachte.«

»*Mein* übliches hysterisches Getue . . . Vielen herzlichen Dank!«

»Vielleicht hätte ich eher melodramatisch sagen sollen«, verbesserte sich Burden, als sei das eine weniger scharfe Rüge. »Aber sie hatte tatsächlich zwei Gesichter. Weshalb wohl?«

»Aus den üblichen melodramatischen Gründen. Weil sie vermeiden wollte, daß Rhoda Comfreys Freunde und Bekannte von ihrem Tun und Treiben Wind bekamen. Spionage, Drogen. Protektionsgeschäfte, ein Callgirl-Ring – die Möglichkeiten sind unbegrenzt . . .«

»Ich unterstelle dir ja gar nicht, daß du immer übertreibst, Reg, also schnapp nicht gleich ein. Übrigens habe ich an die Möglichkeit Callgirl-Ring selber schon gedacht. Nur war sie dafür schon ein bißchen alt und sah auch nicht besonders aus, und außerdem –«

»Na und? Die einzige jungfräuliche Prostituierte in London – ist doch mal was Neues, Mike, eine erfreuliche Abwechslung in dieser trostlosen Zeit. Ich könnte mir alle möglichen faszinierenden Variationen zu diesem Thema vorstellen, ich will nur deine keuschen Ohren nicht beleidigen. Trotzdem sollten wir versuchen, realistisch zu bleiben.«

»Das versuche ich immer«, sagte Burden deprimiert. Er setzte sich und stützte die Ellbogen auf Wexfords Schreibtisch. »Sie ist seit Montag abend tot, heute haben wir Sonntag, und wir wissen noch nicht mal, wo sie gewohnt hat. Es ist hoffnungslos.«

»Das ist nicht realistisch, das ist defätistisch. Wenn wir ihr durch ihren Namen oder ihre Personenbeschreibung nicht auf die Spur kommen können, müssen wir uns eben etwas anderes einfallen lassen. Zumindest wissen wir jetzt, daß der Mord mit jenem anderen Leben in Verbindung steht, das sie geführt hat. Bei einem Doppelleben ist fast immer etwas Verbotenes, Rechtswidriges im Spiel. Und es dürfte die Handhabe für den Mord geliefert haben.«

»Wir können also deiner Meinung nach ihr zweites Leben nicht auf sich beruhen lassen und uns auf die Indizien und unser konkretes Beweismaterial beschränken?«

»Was haben wir denn in der Hand? Es gibt keine Tatwaffe, keine Zeugen, nicht die Spur eines Motivs.« Wexford zögerte, dann fuhr er nachdenklich fort: »Sie kam nicht oft her, aber immerhin ein- zweimal im Jahr. Die Leute hier kannten sie vom Sehen. Es handelt sich also kaum um die verloren geglaubte Tochter, die in die Heimat zurückkehrt und dort – um es melodramatisch auszudrücken, Mike! – von einem alten Widersacher erkannt wird. Außerdem hatte sie, da sie hier weder gelebt noch gearbeitet hat, in Kingsmarkham keinerlei Bindungen.«

»Du glaubst nicht, daß die Umstände auf Ortskenntnis hindeuten?«

»Nein. Ich würde sagen, daß ihr Mörder, der sie von London her kannte, gewußt hat, wohin sie fahren wollte, und daß er ihr gefolgt ist, wenn auch nicht unbedingt mit der Absicht, sie zu töten. Wir müssen uns näher mit ihrem Londoner Leben befassen, und da habe ich auch schon eine Idee. Wir versuchen es über die Brieftasche in ihrer Handtasche.«

»Ich höre«, sagte Burden ergeben.

»Hier ist sie.« Wexford zog die Brieftasche aus einem Schreibtischfach. »Auf der Innenseite ist ein Name in Goldschrift eingeprägt: Silk and Whitebeam.«

»Bedaure – sagt mir gar nichts.«

»Das ist ein sehr exklusives Lederwarengeschäft in der Jermyn Street. Die Brieftasche ist neu. Ich möchte fast annehmen, daß man sich dort noch erinnert, an wen sie verkauft worden ist. Gleich morgen früh schicke ich Loring hin, er soll sich mal erkundigen. Rhoda Comfrey hatte letzte Woche Geburtstag. Vielleicht hat jemand sie ihr geschenkt.«

»Einer Frau?«

»Warum nicht? Auch Frauen bezahlen mit Banknoten, warum sollten sie da nicht auch eine Brieftasche gebrauchen können? Die Zeiten, in denen man einer Frau nur Parfüm oder eine Brosche schenken konnte, sind vorbei, Mike. *Sic transit gloria mundi*.«

6

Als Dora ihn schließen hörte, kam sie ihm aus der Küche entgegen und winkte ihn herein.

»Sylvia ist hier.«

Daß eine verheiratete Tochter am Sonntag nachmittag ihre Mutter besucht, ist nichts Ungewöhnliches, deshalb fragte Wexford: »Warum auch nicht? Was soll das heißen?«

»Sie hat Neil verlassen. Nach dem Mittagessen hat sie die Tür hinter sich zugemacht und ist hier aufgekreuzt.«

»Das kann doch nicht dein Ernst sein! Sie hat Neil verlassen? Einfach so? Das glaube ich einfach nicht.«

»Leider stimmt es, Liebling. Seit Mittwoch abend haben sie sich offenbar ununterbrochen gestritten. Er hatte versprochen, mit ihr im September auf eine Woche nach Paris zu fahren – seine Schwester wollte die Kinder nehmen –, und jetzt sagt er, daß es nicht geht, weil er geschäftlich nach Schweden muß. Und in dem Krach, der dann folgte, erklärte Sylvia, sie könnte es nicht mehr ertragen, Tag für Tag mit den Kindern zu Haus zu hocken und nie eine Abwechslung zu haben, und er müßte ein Au-pair-Mädchen einstellen, damit sie Zeit für eine Berufsausbildung hätte. Daraufhin sagte Neil – ich glaube allerdings, da übertreibt sie etwas –, er dächte nicht daran, eine Fremde für etwas einzustellen, was ja schließlich und endlich Aufgabe seiner Frau sei. Eine Berufsausbildung würde ihr gar nichts nützen, weil sie wegen der herrschenden Arbeitslosigkeit hinterher sowieso keinen Job bekommen würde. Das Gespräch entwickelte sich zu einer großen Analyse ihrer Ehe und der Rolle, die den Frauen von den Männern aufgezwungen wird, und daß die Frau ihr Leben opfert, um – du kannst dir das ja sicher so ungefähr vorstellen. Heute früh hat sie ihm dann gesagt, wenn er sie nur als Kindermädchen und Haushälterin betrachtet, würde sie es vorziehen, bei ihren Eltern Kindermädchen und Haushälterin zu spielen. Und da ist sie nun.«

»Wo?«

»Im Wohnzimmer. Robin und Ben sind im Garten. Ich weiß nicht, wieviel sie mitbekommen haben. Liebling, sei nicht zu streng mit ihr.«

»Wann bin ich je streng mit meinen Kindern gewesen? Ich war nicht streng genug, das ist es. Ich habe Sylvia immer ihren Willen gelassen. Ich hätte mich durchsetzen und sie nicht mit achtzehn heiraten lassen dürfen.«

Als er eintrat, hatte sie ihm den Rücken zugewandt. Langsam drehte sie sich um.

»Das ist eine schlimme Geschichte, Sylvia.«

Wexford liebte beide Töchter, aber Sheila, die Jüngere, war sein Liebling. Sheila hatte sich aus eigener Kraft eine Karriere aufgebaut und war trotzdem sanft und weich geblieben. Sylvia, deren klassische Züge in diesem Augenblick an die Heldin einer griechischen Tragödie erinnerten, hatte zeitlebens ein behütetes Leben in ihrer Heimatstadt geführt.

»Wahrscheinlich ist es dir gar nicht recht, daß ich hier bin, Dad«, sagte sie. »Aber ich weiß sonst nicht wohin. Ich will euch auch gar nicht lange zur Last fallen. Ich werde mir eine Stellung suchen und eine Wohnung für mich und die Jungen.«

»Bitte, rede nicht so, Sylvia. Das ist doch dein Zuhause. Was habe ich dir denn getan, daß du so mit mir sprichst?«

Sie rührte sich nicht. Zwei große Tränen standen in ihren Augen und rollten ihr langsam übers Gesicht. Ihr Vater trat zu ihr und nahm sie in die Arme. Es war lange her, daß sie sich so nahe gewesen waren.

Am Montag erwarteten ihn weitere unerfreuliche Entwicklungen. Die Anrufe im Revier wurden immer verrückter. Bei keiner Zeitung oder Zeitschrift, bei keiner Presseagentur kannte man Rhoda Comfrey, und auch im Journalistenverband war sie nicht Mitglied gewesen.

Detective Constable Loring war mit einem frühen Zug nach London gefahren, um das Lederwarengeschäft in der Jermyn Street aufzusuchen. Wexford bereute jetzt, daß er nicht selbst gefahren war. Die erzwungene Untätigkeit und die Gedanken an daheim machten ihn nervös. Er brachte für Sylvia zwar Zärtlichkeit, aber wenig Verständnis auf. Robin und Ben hatte man als Begründung für den Besuch bei den Großeltern eine Geschäftsreise des Vaters genannt. Ben mochte das noch akzeptieren, aber bei Robin konnte man nicht sicher sein, ob er nicht doch die Wahrheit ahnte. Er war alt genug, um einiges von den Streitereien mitbekommen zu haben. Der Kleine wirkte entschieden verstört. Die Wasserratte hätte ihn vielleicht abgelenkt, aber das Biest ließ sich nach wie vor nicht sehen.

Und Neil war nicht gekommen. Wexford hatte fest damit gerechnet, daß sein Schwiegersohn aufkreuzen würde, und sei es nur, um den Streit fortzusetzen. Sylvia, die immer wieder beteuert hatte, sie wolle ihn gar nicht sehen, ließ erst den Kopf hängen, weil er nichts von sich hören ließ, dann machte sie ihren Eltern Vorwürfe, daß sie die Heirat mit ihm überhaupt zugelassen hatten. Wexford hatte eine unruhige

Nacht verbracht; Dora hatte kaum geschlafen, und im Morgengrauen hatte er Sylvia im Haus herumwandern hören.

Um zwölf kam Loring zurück.

»Glück gehabt?« erkundigte sich Wexford.

»Gewissermaßen, Sir. Sie haben die Brieftasche sofort erkannt. Es war die letzte einer auslaufenden Serie. Der Kunde hat sie am Donnerstag, dem vierten August, gekauft.«

»Gewissermaßen sagen Sie? Das ist doch eine ausgezeichnete Nachricht.«

Loring strahlte. »Aber es war nicht Rhoda Comfrey«, fügte er rasch hinzu. »Es war ein Mann. Ein gewisser Grenville West. Er ist ein guter Kunde bei Silk and Whitebeam, er hat dort schon viel gekauft.«

»Haben Sie die Adresse?«

»Elm Green 22, London West 15«, sagte Loring.

Wexford hatte zwar nicht häufig in London zu tun, aber im Londoner Stadtteil Kenbourne kannte er sich recht gut aus. Elm Green war knapp einen Kilometer von dem großen Friedhof entfernt.

Es war ein großes Glück für ihn, daß diese erste mögliche Londoner Bekanntschaft von Rhoda Comfrey – sicher doch ein Freund von ihr – ausgerechnet dort wohnte. Er würde in seiner Arbeit nicht behindert werden, würde im Gegenteil mit Unterstützung rechnen können, denn sein Neffe, der Sohn seiner verstorbenen Schwester, war Leiter des CID von Kenbourne Vale. Daß Chief Superintendent Howard Fortune zur Zeit auf den Kanarischen Inseln seinen Urlaub genoß, war zwar bedauerlich, aber kein Hindernis für die Ermittlungen. Wexford kannte einige von Howards Mitarbeitern persönlich, sie waren alte Freunde.

Um zwei saß Wexford in dem Dienstwagen, den Stevens, sein Fahrer, nach London fuhr, und entspannte sich. Seine Zuversicht kehrte zurück. Sylvia und ihre Sorgen traten in den Hintergrund. Er war bester Laune, als Stevens ihn vor dem Polizeirevier Kenbourne Vale absetzte.

»Ist Inspektor Baker da?«

Hätte jemand ihm vor einigen Jahren gesagt, daß er sich einmal auf eine Begegnung mit Baker freuen würde, hätte er laut herausgelacht. Denn Baker war alles andere als entgegenkommend gewesen, als Wexford, der sich bei Howard und Denise von einer Thrombose erholte, dem CID Kenbourne Vale half, den Friedhofsmord zu lösen. Howard, überlegte Wexford, hätte wahrscheinlich gesagt, daß von »helfen« keine Rede sein konnte, weil der Onkel das Problem auf eigene Faust gelöst hatte. Damit hatte er sich Bakers Achtung erworben, und die spitzen Bemerkungen über Landpolizisten, die keine Ahnung von der Londoner Kriminellenszene hatten, waren verstummt.

Zwei Minuten später stand er im Büro des Inspektors, dessen Fenster auf eine Brauerei hinausging. Baker stand auf und kam mit ausgestreckter Hand auf ihn zu.

»Das ist aber eine nette Überraschung, Reg.«

In den letzten zwei Jahren, fand Wexford, hatte Baker sich merklich verändert. Er sah um Jahre jünger und ausgesprochen glücklich aus.

»Schön, Sie zu sehen, Michael.« Baker hatte denselben Vornamen wie Burden. Das hatte Wexford früher einmal maßlos geärgert. »Wie geht's? Sie sehen blendend aus. Was gibt's Neues?«

»Daß Mr. Fortune in Teneriffa ist, wissen Sie ja, nicht wahr? Hier ist zum Glück alles ziemlich ruhig. Ihr alter Freund Sergeant Clements ist auch da, er wird sich freuen, Sie begrüßen zu können. Setzen Sie sich, ich lasse uns Tee bringen.« Auf dem Schreibtisch stand das gerahmte Foto einen blonden, sanften Frau. Baker bemerkte Wexfords Blick. »Meine Frau«, erklärte er stolz und verlegen. »Ich weiß nicht, ob Mr. Fortune Ihnen erzählt hat, daß ich wieder geheiratet habe?«

Ja, natürlich hatte Howard davon gesprochen, aber Wexford hatte es vergessen. Das erklärte den neuen Schwung, die Gelöstheit des Inspektors.

»Herzlichen Glückwunsch, das freut mich sehr.«

»Aber Sie wollen von mir ja keine Privatgeschichten hören. Sie kommen wegen dieser Rose – nein, Rhoda – Comfrey, hab ich recht?«

»Kennen Sie die Frau?« fragte Wexford erwartungsvoll. »Haben Sie irgendwelche –«

»Aber nein, sonst hätte ich mich doch sofort bei Ihnen gemeldet. Ich habe über den Fall in der Zeitung gelesen. So wie ich Sie kenne, denken Sie jetzt sicher an nichts anderes ...«

Sylvia, Sylvia ... »Das ist wahr. Der Fall nimmt mich ziemlich in Anspruch.« Der Tee kam, und er erzählte Baker von der Brieftasche und von Grenville West.

»Den kenne ich, das heißt, ›kennen‹ wäre auch zu viel gesagt. Er ist unsere Lokalgröße. Von Zeit zu Zeit steht etwas über ihn in unserem Bezirksblättchen. Sie sind doch sonst so belesen, Reg – wollen Sie mir wirklich erzählen, daß Sie noch nie etwas von Grenville West gehört haben?«

»Wirklich nicht. Was ist er für ein Typ?«

»Na ja, vielleicht ist er ja wirklich keine ausgesprochene Berühmtheit. Er schreibt historische Romane. Persönlich bin ich ihm auch noch nicht begegnet, aber ich habe eins seiner Bücher gelesen. So ganz mein Geschmack war es allerdings nicht. Sein Bild und eine Beschreibung von ihm waren auf dem Umschlag: Ende Dreißig, dunkelhaarig, Pfeifenraucher. Sie kennen doch die alten Häuser am Park? In einem von ihnen wohnt er, über einer Weinstube.«

Wexford lehnte höflich Bakers Angebot ab, ihn zu begleiten, bat, Sergeant Clements Grüße auszurichten, versprach, später noch einmal vorbeizukommen und begann die Kenbourne High Street hinaufzugehen. Im Park spielten schwarze und ein weißes Kind Ball; zwei Inderinnen in Saris, das Haar zu dicken Zöpfen geflochten, schritten langsam und graziös dahin, als trügen sie unsichtbare Krüge auf den Köpfen.

Die Weinstube paßte sich geschickt der Fassade des alten Hauses an. Auf dem Schild über dem Erkerfenster stand in mattglänzenden Goldbuchstaben: *Vivian's Vineyard*. Junge Bäumchen wuchsen am Straßenrand, und vor einigen Fenstern hingen Kästen mit Geranien und Petunien.

Er klingelte ein paarmal an Wests Tür, aber nichts rührte sich. Der Hausherr war offensichtlich nicht da. Was jetzt? Es war fast fünf. Das Schild an der Tür der Weinstube verkündete, daß der *Vineyard* um fünf öffnete. Wexford setzte sich auf eine der Bänke am Park und wartete.

Es dauerte nicht lange, bis eine junge Frau mit negroidem Gesicht und heller Haut herauskam, sich nach links und rechts umsah und, während sie wieder hineinging, das Schild mit der Aufschrift »Geöffnet« zur Straße drehte. Wexford betrat die Weinstube, eine finstere Höhle, die nur durch einige Glühbirnen hinter der Bar und Chiantiflaschen-Lampen mit dicken Schirmen auf den Tischen beleuchtet wurde. Vor dem Fenster hing ein Vorhang in Braun und Silber. Auf einem hohen Hocker unter der relativ hellsten Glühbirne saß die hellhäutige Negerin und blätterte in einer Zeitschrift.

Er bestellte ein Glas Weißwein und fragte nach dem Besitzer oder Geschäftsführer oder Pächter.

»Ach, Sie wollen Vic sprechen?«

»Ist das der Boss?«

»Ich hol ihn gleich.«

»Vic« entpuppte sich als ein Mann Anfang Vierzig mit einem spitzen Kinnbart. »Victor Vivian. Was kann ich für sie tun?«

Wexford zückte seinen Dienstausweis und erklärte den Grund seines Besuches. Vivian schien ihm für die Belebung seines tristen Alltags geradezu dankbar zu sein. Die Bedienung machte große Augen.

»Gren ist verreist«, erklärte Vivian. »Macht Urlaub in Frankreich. Wann ist er doch gleich . . . warten Sie mal . . . ja, am Sonntag vor einer Woche ist er gefahren. Im Sommer fährt er immer auf einen Monat nach Frankreich, wissen Sie.«

»Das Haus gehört Ihnen?«

»Gehören wäre zu viel gesagt, ich meine, ich hab's gepachtet, von Notbourne Properties, wissen Sie?«

Wexford merkte schon, daß er es mit einem »Ich meine-Wissen-Sie-Typ« zu tun hatte. Aber solche Leute waren meist redselig und hatten mit Diskretion wenig im Sinn. »Kennen Sie ihn gut?«

»Ach, wissen Sie, Gren und ich sind alte Kumpel. Er wohnt seit vierzehn Jahren hier und ist ein verdammt guter Mieter. Ich meine, er läßt alle Reparaturen selber machen, und es ist praktisch, wissen Sie, immer jemanden im Haus zu haben, auch wenn der Laden hier geschlossen ist, meine ich. Meist kommt er abends auf einen Drink her, wissen Sie, und gelegentlich heben wir auch mal bei ihm einen, oben in seiner Wohnung, meine ich, wenn wir hier Schluß gemacht haben, und dann –«

Wexford unterbrach den unproduktiven Redefluß. »Im Grunde interessiert mich weniger Mr. West selbst als die Adresse einer Bekannten von ihm. Sie haben von dem Mord an Miss Rhoda Comfrey gelesen?«

Vivian pfiff wie ein Schuljunge. »Das alte Mädchen, das erstochen worden ist? Die soll eine Bekannte von Gren gewesen sein? Also da habe ich doch große Zweifel, ich meine, sie war doch schon fünfzig, nicht? Gren ist noch nicht vierzig, wissen Sie, achtunddreißig oder neununddreißig, wenn's hoch kommt. Jünger als ich, meine ich.«

»Es muß kein Sex im Spiel gewesen sein, Mr. Vivian. Es wäre denkbar, daß sie einfach gute Freunde waren.«

Diese Vorstellung überstieg offenbar Vivians Horizont, und er ging schnell darüber hinweg. »Gren hat eine Freundin, nettes kleines Ding, wissen Sie, himmelt ihn an.« Er zwinkerte Wexford listig zu. »Aber Gren ist schlau, alles was recht ist. Hält sie ein bißchen auf Distanz, wissen Sie, hat Angst, sie könnte ihn sonst doch noch zum Altar schleppen, wissen Sie – jedenfalls tippe ich darauf. Polly Soundso heißt sie, eine Blondine. Kann nicht älter als vier- oder fünfundzwanzig sein. Zuerst ist sie zum Tippen zu ihm gekommen, wissen Sie, aber jetzt hat sie sich zur reinsten Klette entwickelt. Noch ein Glas auf Rechnung des Hauses?«

»Nein, danke.« Wexford zog das Foto und die Brieftasche hervor. »Kennen Sie diese Frau? Es ist allerdings möglich, daß sie sich inzwischen ziemlich verändert hat.«

Vivian schüttelte den Kopf, sein Bart wackelte. »Nein, ich hab sie nie hier gesehen und auch nicht zusammen mit Gren, meine ich. Aber komisch – irgendwie kommt mir das Gesicht bekannt vor, wissen Sie, irgendwas Undefinierbares, meine ich . . . Vielleicht fällt's mir noch ein.« Aber gleich darauf machte er Wexfords Hoffnungen wieder zunichte. »War das Bild vielleicht in der Zeitung? Ich meine, vielleicht habe ich sie dort schon mal gesehen?«

»Das wäre möglich.«

Zwei Gäste traten ein. Vivian winkte ihnen zu, wandte sich um und stieß wieder einen leisen Pfiff aus. »Das ist doch Grens Brieftasche, oder?«

»Die Frage wollte ich Ihnen gerade stellen. *Ist* es Mr. Wests Brieftasche?«

»Moment mal, jetzt muß ich überlegen. Die hier ist neu, nicht? Da hätten Sie mich beinahe reingelegt. Gren hat so eine, aber die ist schon ganz schön abgegriffen, ich meine, sie sah genauso aus wie die hier, nur ziemlich abgewetzt, wissen Sie. Nicht neu, meine ich.«

Und die hat er mit nach Frankreich genommen, dachte Wexford. Aber er gab noch nicht auf. »Wir halten es für sehr wahrscheinlich, daß diese Frau unter einem falschen Namen lebte, Mr. Vivian. Denken Sie jetzt mal nicht an den Namen oder das Gesicht. Hat Mr. West jemals von einer Bekannten gesprochen, die älter war als er selbst?«

»Tja, da war seine Agentin, der Name fällt mir nicht ein. Mrs. Sowieso, wissen Sie. Aber die ist verheiratet, das weiß ich genau. Ich meine, die kann es nicht sein, was?«

»Ich fürchte nein. Können Sie mir sagen, wo Mr. West in Frankreich Urlaub macht?«

»Er reist von einem Ort zum anderen, wissen Sie. Irgendwo im Süden, mehr kann ich Ihnen nicht sagen. Aber um auf diese Frau zurückzukommen, ich zerbrech mir die ganze Zeit den Kopf, aber es fällt mir niemand ein. Ich meine, die Leute reden mit einem über dies und das, besonders in meinem Beruf, meine ich, und vieles geht zum einen Ohr rein und zum anderen wieder raus. Gren ist viel unterwegs, läuft gern nachts in Soho herum, in den Pubs, meine ich, nicht, was Sie vielleicht denken, kein Porno und so. Er hat da seine Kumpel, mit denen er einen hebt, möglich, daß er auch mal von irgendeiner Frau gesprochen hat, aber wie sie heißt und wo sie wohnt, das kann ich Ihnen beim besten Willen nicht sagen. Ich meine, tut mir leid, daß ich Ihnen nicht weiterhelfen konnte. Aber Sie wissen ja, wie das ist, ich meine, man rechnet ja nicht damit, nach so was gefragt zu werden, ich meine, an so was denkt man doch nicht, wie?«

Wexford stand auf. Er konnte der Versuchung nicht widerstehen. »Ich weiß, was Sie meinen«, sagte er.

7

»Da haben Sie ja bisher noch nicht viel Glück gehabt«, stellte Baker bei einer frischen Kanne Tee fest. »Einer meiner Leute soll mal das Kenbourner Straßenverzeichnis für Sie durchgehen. Wenn West Ihre Miss Comfrey tatsächlich kannte, ist es durchaus möglich, daß sie nur einen Steinwurf von hier gewohnt hat.«

»Bestimmt nicht als Rhoda Comfrey. Aber es ist sehr nett von Ihnen, Michael.«

Stevens erwartete ihn, aber sie waren noch nicht lange gefahren, als Wexford auf der Kenbourne High Street eine große, neue Stadtbücherei sichtete. Er sah auf die Uhr. Es war viertel vor sechs. Wenn er noch hereinwollte, mußte er sich beeilen, die Stadtbüchereien schlossen um sechs. Er bat Stevens, ihn abzusetzen und rannte in höchst verkehrswidriger Weise quer über die Straße.

In der Belletristik-Abteilung hatte Grenville West seinen Platz neben den Namensvettern Rebecca und Morris West. Drei seiner Romane waren da, mit einem H – für Historische Romane – versehen: *Killed with Kindness*, *The Venetian Courtesan*, *Fair Wind to Alicante*. Der erste Titel sprach ihn am meisten an, er nahm das Buch aus dem Regal und überflog den Waschzettel auf der vorderen Umschlagklappe.

»Wieder einmal«, las er, »erstaunt uns Mr. West durch die Virtuosität, mit der er Handlung und Charakter eines elisabethanischen Dramas in seine lebendige Prosa umsetzt. Diesmal steht Mistress Nan Frankford aus Thomas Heywoods *A Woman Killed with Kindness* im Mittelpunkt. Die treue, liebevolle Ehefrau wird von dem besten Freund ihres Mannes verführt. Ihre Reue und Frankfords Großmut machen mit den Reiz dieses fesselnden Buches aus. Mr. West hält sich eng an Heywoods Handlung, zeichnet aber zusätzlich für den Leser unserer Tage ein lebendiges Bild des häuslichen Lebens in England am

Ende des sechzehnten Jahrhunderts mit seinen Leidenschaften, Grausamkeiten, Konventionen und Gebräuchen. Eine andere Welt tut sich vor uns auf, und wir merken bald, daß es ein Meister seines Fachs ist, der uns durch elisabethanische Hallen, Gärten und unberührte ländliche Gefilde führt.«

Nicht mein Fall, dachte Wexford. Aber die Idee war entschieden ergiebig. Sehr intellektuell schien der Autor nicht zu schreiben, er konzentrierte sich eher auf Blut, Donner und Leidenschaft, was sicher der Auflagenhöhe zugute kam. Bühnenstücke aus der Zeit Elisabeths I. und Jakobs I. gab es bestimmt Hunderte, so daß West munter in diesem Stil weiterschreiben konnte, bis er siebzig war.

Killed with Kindness war vor drei Jahren erschienen. Er drehte das Buch um. Auf der Rückseite prangte ein Foto von Grenville West in Tweedjacke, eine Pfeife im Mund. Er trug eine Brille und hatte dichtes, dunkles Haar, das ihm in einer breiten Locke in die Stirn fiel. Es war kein besonders interessantes Gesicht, aber die Beleuchtungseffekte des Fotografen verdienten Anerkennung.

Unter dem Bild stand eine Kurzbiographie:

»Grenville West ist geborener Londoner und hat Geschichte studiert. Er wurde zunächst Lehrer, war dann als freiberuflicher Journalist tätig und wurde – nach kurzen Zwischenspielen als Kurier, Barkeeper und Antiquitätenhändler – erfolgreicher Schriftsteller historischer Romane. In den zwölf Jahren seit Erscheinen seines ersten Buches, *Her Grace of Amalfi*, hat er seine Leser mit neun weiteren Romanen erfreut, von denen mehrere ins Französische, Deutsche und Italienische übersetzt wurden. Seine Bücher erscheinen auch in den Vereinigten Staaten und werden regelmäßig als Taschenbücher veröffentlicht.

Apes in Hell lief als erfolgreiches Fernsehspiel, *Arden's Wife* war als Hörspiel in Fortsetzungen im Radio zu begutachten.

Mr. West ist frankophil; er verbringt seine Ferien meist in Frankreich, hat einen französischen Wagen und liebt die französische Küche. Er ist 35 Jahre alt, lebt in London und ist unverheiratet.«

Auf den ersten Blick, dachte Wexford, dürfte so ein Mann wenig Gemeinsamkeiten mit Rhoda Comfrey haben. Aber im Grunde genommen wußte er ja so wenig über diese Frau. Vielleicht war auch sie frankophil gewesen. Mrs. Parker hatte ihm erzählt, daß sie als junge Frau im Selbstunterricht Französisch gelernt hatte. Und daß sie sich als Journalistin versucht hatte, stand fest.

Er hatte sich den Namen von Wests Verlag gemerkt: Carlyon Brent,

London, New York und Sydney. Ob er dort etwas erfahren würde, wenn er anrief? Er hatte das unbehagliche Gefühl, daß er auf eine Mauer höflich-undurchdringlicher Verschwiegenheit treffen würde.

»Ich begreife auch nicht, was Sie sich davon versprechen«, meinte Burden am nächsten Morgen. »Er wird seinem Verleger kaum verraten haben, für wen er Geburtstagsgeschenke kauft.«

»Ich denke an diese Polly Sowieso«, meine Wexford. »Wenn sie für ihn in der Wohnung tippt, ist anzunehmen, daß sie auch Telefondienst für ihn macht. Es ist also möglich, daß jemand vom Verlag regelmäßig mit ihr spricht. Oder daß West ihnen zumindest gesagt hat, wie sie heißt.«

Das Verlagsbüro war in der Russell Square. Wexford wurde mit Mr. Wests Lektor verbunden.

»Hier Oliver Hampton.« Eine kühle Public-School-Stimme.

Er hörte wortlos zu, während Wexford etwas befangen seine Erklärungen vom Stapel ließ, und erklärte dann höflich, aber bestimmt:

»Derartige Informationen über einen unserer Autoren kann ich Ihnen unmöglich geben.« Dabei hatte Wexford nur um Auskunft darüber gebeten, wie man West – oder notfalls auch seine Sekretärin – schriftlich oder telefonisch erreichen konnte. »Ich weiß ja nicht einmal, wer Sie sind. Ich kenne nur den Namen, unter dem Sie sich bei mir vorgestellt haben.«

»Wenn Sie wollen, Mr. Hampton, können Sie meinen Chief Constable anrufen und sich nach mir erkundigen. Ich gebe Ihnen die Nummer.«

»Bedaure, aber ich bin zur Zeit sehr beschäftigt. Im übrigen habe ich wirklich keine Ahnung, wo sich Mr. West im Augenblick aufhält. Er ist in Südfrankreich unterwegs, mehr weiß ich nicht. Allenfalls könnte ich Ihnen noch den Namen seiner Agentin geben.«

Wexford notierte sich ergeben die Nummer von Mrs. Brenda Nunn bei Field & Bray, Literaturagenten. Das war offenbar die Frau, von der Vivian gesprochen hatte und die nach seinen Worten verheiratet war.

Sie war gesprächiger und weniger mißtrauisch als Hampton und überzeugte sich von Wexfords Identität, indem sie ihn im Polizeirevier von Kingsmarkham zurückrief.

»Weiterhelfen kann ich Ihnen aber leider auch nicht«, sagte sie. »Ich habe Mr. Wests Adresse in Frankreich nicht und hatte – bis ich den Namen in der Zeitung las – nie von Rhoda Comfrey gehört. Wie das Mädchen heißt, das für ihn schreibt, weiß ich aber, ich habe auch schon mit ihr telefoniert. Polly – eigentlich Pauline – Flinders. Die Adresse kenne ich allerdings nicht!«

Wexford rief Baker an. Bei Durchsicht des Wahlregisters im Wahlkreis Kenbourne Vale hatte sich keine Comfrey gefunden. Würde Baker so nett sein, einmal unter Pauline Flinders nachsehen zu lassen? Baker versprach es.

»Es ist alles so unbestimmt«, sagte Dr. Crocker, der sich mit Burden und Wexford zum Essen im *Carousel Café* zusammensetzte. »Selbst wenn diese Comfrey in London einen anderen Namen angenommen hat, müßte die Sekretärin sie nach der Beschreibung in der Zeitung erkannt haben. Auch das Foto müßte ihr zumindest vage bekannt vorgekommen sein. Sie hätte sich gemeldet, sie hätte deine Aufrufe gelesen.«

»Du meinst also, sie könnte etwas zu verbergen haben?«

»Ich habe eher den Eindruck«, meinte Burden, »daß sie die Frau schlicht und einfach nicht gekannt hat.«

Während Wexford auf Bakers Rückruf wartete, versuchte er, eine gewisse Ordnung in das bisher Gehörte zu bringen. Rhoda Comfrey, die aus irgendeinem ihnen bisher unbekannten Grunde in London unter falschem Namen lebte, war ein Fan von Grenville West gewesen und hatte mit ihm Freundschaft geschlossen. Vielleicht – und Wexford fand diese Theorie sogar recht einleuchtend – hatte sie ein Vervielfältigungsbüro. Das würde zu dem passen, was Mrs. Crown ihnen erzählt hatte. Vielleicht hatte sie für West kostenlos Manuskripte kopiert, und er hatte ihr aus Dankbarkeit ein ganz besonderes Geburtstagsgeschenk gemacht. Wenn man der alten Mrs. Parker glauben durfte, war sie am 5. August fünfzig geworden. In manchen Ländern war der fünfzigste Geburtstag ein bedeutsamer Einschnitt im Leben des Menschen, ein Jahrestag, der besonders gefeiert wurde. West hatte die Brieftasche am vierten gekauft, sie ihr am fünften geschenkt, war am siebenten auf Urlaub gegangen, und sie war am achten nach Kingsmarkham gefahren. Der Identität des Mörders war er durch diese Überlegungen noch keinen Schritt weitergekommen, aber –

In seine Grübeleien hinein läutete das Telefon.

»Wir haben sie gefunden«, erklärte Baker. »Oder zumindest haben wir festgestellt, wo sie wohnt. Sie stand im Wahlverzeichnis West Kenbourne, All Souls Grove 15, Wohnung 1. Patel, Malina N., und Flinders, Pauline J. Sie stehen beide nicht im Telefonbuch, deshalb habe ich Dinehart hingeschickt, und die Frau, die über ihnen wohnt, meint, Miss Flinders käme so gegen halb fünf. Sollen wir sie uns vornehmen?

Kein Problem.«

»Nein, danke, Michael, ich komme selbst.«

Trotz seines neuen Eheglücks war Baker noch immer von fast mimosenhafter Empfindlichkeit und witterte eine Zurücksetzung, wo gar keine beabsichtigt war. »Machen Sie, was Sie wollen«, sagte er schroff. »Wissen Sie, wie Sie nach All Souls Grove kommen?« In der Frage schwang die Andeutung, daß diesem Provinzonkel vielleicht zuzutrauen war, einen Heuhaufen oder meinethalben sogar eine Nadel in einem Heuhaufen zu finden, nicht aber eine Straße, die in jedem Londoner Straßenverzeichnis stand. »Sie gehen von der U-Bahn-Station Kenbourne Lane rechts zum Magdalen Hill, wieder rechts in die Balliol Street, dann ist es die zweite Querstraße links nach Oriel Mews.«

Wexford schluckte die Bemerkung hinunter, daß sein Rang ihm Anrecht auf Dienstwagen und Fahrer sicherte und sagte nur: »Herzlichen Dank, Michael, das ist wirklich sehr liebenswürdig.« Aber es war schon zu spät. »Nichts zu danken«, knurrte Baker und knallte den Hörer auf die Gabel.

Wexford hatte sich schon manchmal gefragt, weshalb sich wohl eine unscheinbare Frau so oft zum Wohnen oder Ausgehen mit einer schönen Frau zusammentut. Vielleicht verhält es sich aber umgekehrt so, daß die Schöne sich einen Hintergrund sucht, der ihre Reize noch strahlender hervortreten läßt, während die von Natur eher stiefmütterlich Bedachte zu schüchtern, zu unterwürfig und zu sehr an ihre Nebenrolle gewöhnt ist, um dem Mißbrauch Widerstand zu leisten.

In diesem Fall war der Unterschied sehr kraß. Eine Schönheit in pfauengrüner goldbestickter Seide, an den zarten Händen Ringe aus Gold und Elfenbein, öffnete ihm, ein goldfarbenes, von seidigschwarzem Haar umrahmtes Gesicht schaute ihn an.

»Miss Patel?«

Sie nickte und warf einen flüchtigen Blick auf seinen Dienstausweis.

»Ich möchte gern Miss Flinders sprechen.«

Die junge Frau, die an der Schreibmaschine saß, drehte sich langsam um. In einem Aschbecher neben ihr häuften sich die Zigarettenstummel.

Zufällig sah er zu Boden. Die Füße unter dem langen Baumwollrock waren nackt; es waren hübsche, wohlgeformte Füße. Vielleicht wäre sie alles in allem gar nicht so übel gewesen, hätte er nicht Malina Patel zuerst gesehen. Nur die schlechte Haltung störte, mit der sie offenbar versuchte, ihre Größe zu kaschieren, und die beiden vorstehenden

Schneidezähne im Oberkiefer waren ausgesprochen häßlich. So etwas muß doch im Zeitalter der Kieferorthopädie nicht mehr sein, dachte er unwillkürlich.

Sie kam ohne Lächeln, deutlich reserviert, auf ihn zu. Malina Patel entfernte sich lautlos und ohne ein Wort. Er kam sofort zur Sache.

»Sie haben sicher in der Zeitung über den Mord an einer gewissen Miss Rhoda Comfrey gelesen, Miss Flinders. Das Bild, das ich Ihnen jetzt zeige, wurde auch der Presse übergeben. Versuchen Sie einmal, sich das Gesicht zwanzig Jahre älter vorzustellen und gehen Sie davon aus, daß diese Frau einen anderen Namen benutzt hat.«

Er beobachtete sie, während sie sich das Foto ansah. Aber ihr Gesicht blieb völlig ausdruckslos.

»Glauben Sie, daß Sie diese Frau schon einmal gesehen haben? Zum Beispiel zusammen mit Mr. Grenville West?«

Eine stumpfe Röte überzog ihr Gesicht. »Eine Blondine«, hatte Victor Vivian sie genannt, – das Wort läßt an Schönheit und betörende Weiblichkeit denken, beschwört die Vorstellung eines Marilyn-Monroe-Typs herauf. Dieser Vorstellung entsprach Pauline Flinders ganz und gar nicht. Sie wirkte von der ganzen Erscheinung her eher blaß als blond, die Augen waren von einem wäßrigen Grau, das Haar fast weiß. Es war wohl nicht so sehr schlechtes Gewissen als Verliebtheit, was sie hatte rot werden lassen.

»Ich habe sie nie gesehen. Wie kommen Sie darauf, daß Grenville sie kannte?«

»Sie sind Mr. Wests Sekretärin, nicht wahr?«

»Ich hatte in unserem Lokalblättchen annonciert, daß ich Schreibarbeiten übernehme, und da rief er mich an. Das ist jetzt etwa zwei Jahre her. Ich habe ein Manuskript für ihn getippt, es gefiel ihm, und dann habe ich angefangen, halbtags für ihn zu arbeiten.« Ihre Stimme war monoton, klanglos.

»Sie haben für ihn das Telefon bedient, kamen mit Bekannten von ihm zusammen. War unter diesen Bekannten jemand, der möglicherweise diese Frau gewesen sein könnte?«

»Ausgeschlossen«, erklärte sie entschieden und fügte zusammenhanglos hinzu: »Grenville ist in Frankreich, er hat mir eine Karte geschrieben.«

Sie holte die Karte unter einem Stoß von Akten neben ihrer Schreibmaschine hervor.

Ein buntes Bild von Annecy; das Wort Annecy war auch auf dem sonst verwischten Poststempel deutlich zu erkennen. »Frankreich grüßt Dich, seine Sonne, sein Essen, seine Luft, das *bel aujourd'hui*. Ich möchte gar nicht wieder zurück, – aber ich komme. Bis bald. G.W.« Typisch für einen Mann mit literarischen Ambitionen, dachte Wexford, aber entschieden kein Liebesgruß. Warum hatte sie ihm die Karte gezeigt? Weil es alles war, was sie hatte?

Er holte die Brieftasche hervor und legte sie neben die Postkarte. Vielleicht hatte er unbewußt gehofft, sie würde aufschreien, blaß werden, hervorstoßen: »Wo haben Sie das her?« Aber sie sah die Brieftasche mit unverändert ausdruckslosem Gesicht an.

»Haben Sie die schon einmal gesehen, Miss Flinders?«

Sie öffnete sie und betrachtete sie von innen und von außen. »Es sieht aus wie die Brieftasche, die Grenville verloren hat.«

»Verloren?« wiederholte Wexford.

Sie schien an Selbstsicherheit zu gewinnen, ihre Stimme wurde lebhafter. »Er kam mit einem Bus vom Westend zurück und sagte, er hätte die Brieftasche im Bus vergessen. Das muß am Donnerstag oder Freitag vor einer Woche gewesen sein. Wo haben Sie sie gefunden?«

»In Miss Rhoda Comfreys Handtasche«, gab er bedrückt zurück. Das also war die Lösung. Keine Beziehung zwischen Autor und Fan, kein Geschenk zum fünfzigsten Geburgstag. Sie hatte die Brieftasche im Bus gefunden und behalten. »Hat Mr. West den Verlust gemeldet?«

»Er hatte mich darum gebeten, aber ich habe es nicht getan. Nicht, daß ich es vergessen hätte . . . Aber jemand hat mir mal gesagt, daß die Polizei es nicht gern hat, wenn man gefundene oder verlorene Gegenstände meldet. Ein Polizist, mit dem meine Mutter bekannt ist, hat ihr gesagt, daß eine solche Meldung zu viel Papierkrieg ergibt.«

Das hörte sich glaubhaft an. Polizisten sind keine Engel in Uniform, das wußte niemand besser als er. Wexford überließ sie ihren Schreibarbeiten und trat hinaus in den großen, düsteren Hausflur. Die Wohnungstür öffnete sich noch einmal hinter ihm. Malina Patel erschien, farbenprächtig wie ein Eisvogel. Ihr Akzent – so englisch und so wohlklingend korrekt wie der seiner Sheila – überraschte ihn fast so sehr wie das, was sie sagte:

»Polly war am achten August den ganzen Abend hier mit mir zusammen. Sie hat mir beim Nähen geholfen. Sie hat ein Kleid zugeschnitten.« Sie lächelte ihn verschmitzt an. »Sie sind Detektiv, nicht?«

»Ganz recht.«

»Super! Ich hab so was bisher nur im Fernsehen gesehen. Geben die Leute Ihnen eine Menge Geld? So nach dem Motto ›Fünfzigtausend

Dollar, wenn Sie meine Tochter finden, sie ist mein Ein und Alles . . .‹?«

»Leider nicht, Miss Patel.«

Er hätte schwören mögen, daß sie sich über die Naivität ihrer Freundin lustig machte. Dann wurde das schöne Gesicht ernst.

»Als Sie vor der Tür standen«, erklärte sie, »hab ich zuerst gedacht, Sie sind der Gerichtsvollzieher. So einer war nämlich schon mal da, als wir die Miete nicht bezahlt hatten.«

8

Es war ein heißer Abend in Kenbourne Vale, die untergehende Sonne wirkte staubig. Aus *Kemal's Kebab House* drang Kümmelgeruch, aus dem *Waterlily Pub* kamen Bier- und Schweißdünste. Alle Lokale hatten die Türen weit geöffnet.

Wenigstens, dachte Wexford dankbar, brauche ich jetzt nicht noch einmal herzukommen. Die Spur war kalt geworden. Auf der Rückfahrt nach Kingsmarkham dachte er über Malina Patels Verhalten nach. Warum war sie freiwillig gekommen, um sich oder Polly Flinders mit einem Alibi zu versehen, um das niemand sie gebeten hatte? Weil sie gern Unruhe stiftet, überlegte er jetzt. Kein Wunder, daß Polly die Postkarte versteckt und Angst gehabt hatte, die Freundin könnte hören, was sie mit dem Chief Inspector sprach. Er konnte sich die spöttischen Bemerkungen der jungen Inderin lebhaft vorstellen.

Aber wenn sie nicht an der Tür gelauscht hatte, – woher, zum Kuckuck, hatte sie gewußt, weshalb er gekommen war? Das ließ sich leicht beantworten: von der Frau, die über ihnen wohnte. Der ohnehin nicht besonders zuverlässige Dinehart hatte ihr vermutlich nicht nur gesagt, daß die Polizei von Kingsmarkham mit Polly sprechen wollte, sondern auch angedeutet, weshalb sie mit ihr sprechen wollte. Malina hatte natürlich auch Zeitung gelesen und wußte, wann Rhoda Comfrey ermordet worden war.

Nun ja, das war jetzt vorbei. Rhoda Comfrey hatte die Brieftasche in einem Bus oder auf der Straße gefunden, und er mußte wieder ganz von vorn anfangen.

Kurz vor neun kam er heim. Dora war nicht da, sie spielte Babysitter für Burdens Schwägerin. Von Sylvia war nichts zu sehen oder zu hören. Auf der Treppe saß Robin in Pyjama.

»Es ist zu heiß zum Schlafen. Du bist doch nicht müde, Großvater?«

»Natürlich nicht«, schwindelte Wexford.

»Granny hat gesagt, du wärst müde, aber ich kenn dich doch, ich hab zu Granny gesagt, daß du bestimmt noch mal Luft schnappen willst.«

»Flußluft, was? Also meinetwegen, zieh dich an und sag Mammi, wohin wir gehen.«

Die Dämmerung hing über den Wiesen. »Das ist eine sehr gute Zeit für Wasserratten«, erklärte Robin. Über den trägen Fluten des Kingsbrook tanzten die Mücken. Aber die Hitze war nicht drückend, die Luft war klar und erfrischend nach einem heißen Tag in London.

»Wieder kein Glück gehabt«, meinte Wexford, als die Schatten tiefer wurden.

Robin nahm seine Hand. »Ich glaube, wir gehen jetzt lieber nach Hause. Mein Daddy kommt nämlich. Er ist gar nicht in Schweden. Ich denke mir, daß wir morgen wieder heimgehen. Heute abend noch nicht, Ben schläft ja schon.«

Wexford wußte nicht, was er antworten sollte. Als sie die Diele betraten, hörte er hinter einer geschlossenen Tür die zornigen, wenn auch gedämpften Stimmen seiner Tochter und seines Schwiegersohns. Robin sah auf die Tür, sah wieder weg und rieb sich mit den kleinen Fäusten die müden Augen.

»Ich bring dich ins Bett«, sagte sein Großvater und nahm ihn noch liebevoller als sonst auf den Arm.

Am Morgen rief das Krankenhaus an. Mr. James Comfrey war in der Nacht »heimgegangen«. Wen sollten sie jetzt, nach dem Tod der Tochter, verständigen?

»Mrs. Lilian Crown«, sagte er und beschloß dann, gleich selbst hinzugehen. Er konnte sonst ohnehin nicht viel tun.

Sie war nicht zu Hause. In Kingsmarkham machen die Pubs am Markttag um zehn auf. Also weiter zum *Bella Vista*.

»Soso, er ist tot«, sagte die alte Frau. Auf dem Land sprechen sich die Nachrichten schnell herum. »Sterben ist schlimm, junger Mann, wenn niemand einem eine Träne nachweint.«

Sie schnippelte heute Bohnen, so fein und dünn, wie junge Hausfrauen das heute kaum noch tun. »Für die arme Rhoda wäre es wahrscheinlich eine Erleichterung gewesen. Was hätte sie wohl getan, frage ich mich, wenn sie ihn dort entlassen hätten und sie für ihn hätte sorgen müssen? Ihre Mutter hat sie hingebungsvoll gepflegt, hat extra Urlaub deswegen genommen, aber da war sie auch mit dem Herzen dabei. Nicht mal Dankeschön hat der alte Querkopf ihr gesagt.« Die seltsam jugendlichen blauen Augen sahen ihn an. »Wer bekommt das Geld?«

»Das Geld, Mrs. Parker?«

»Rhodas Geld. Er war der nächste Angehörige, er hätte Anspruch darauf gehabt. Wer bekommt es jetzt?«

Darüber hatte er sich noch keine Gedanken gemacht. »Vielleicht ist gar kein Geld da. Heutzutage haben die Leute nicht mehr so viel Ersparnisse.«

»Können Sie nicht lauter reden?«

Wexford wiederholte seine Bemerkung, und Mrs. Parker stieß ein verächtliches Gackern aus.

»Klar ist Geld da. Sie hatte ihren Totogewinn, den hat sie nicht verpulvert, da kenne ich meine Rhoda. Die Polizei scheint nur dagesessen und Däumchen gedreht zu haben, sonst hättet ihr den Fall doch inzwischen bestimmt schon gelöst. Irgendwo muß ein Haus sein mit guten Möbeln und eine nette kleine Summe in Aktien. Und wissen Sie, was ich glaube? Daß der ganze Kram an Lilian Crown fällt.«

Wexford überlegte. Würde das Geld tatsächlich an Mrs. Crown gehen? Er kannte sich im Erbschaftsrecht nicht aus, aber die Frage schien ihm im Augenblick auch nicht wichtig.

»Mrs. Parker«, sagte er mit erhobener Stimme, »eins haben wir immerhin inzwischen herausbekommen: Daß Miss Comfrey unter falschem Namen gelebt hat. Verstehen Sie mich?« Sie nickte ungeduldig. »Wenn Leute so etwas tun, wählen sie oft einen Namen, der ihnen vertraut ist, den Mädchennamen der Mutter zum Beispiel, den Namen eines Verwandten oder Kindheitsfreundes –«

»Wieso hätte sie so was tun sollen?«

»Vielleicht, weil ihr eigener Name unangenehme Erinnerungen weckte. Wie war der Mädchenname ihrer Mutter?«

»Crawford«, sagte Mrs. Parker promt. »Agnes und Lilian Crawford haben sie geheißen, die beiden Schwestern.«

»Es ist also denkbar, daß sie sich Crawford genannt hat«, dachte er laut. »Oder Parker, weil Rhoda an Ihnen hing. Oder Rowlands nach dem Herausgeber der alten *Gazette.* Oder vielleicht Crown?«

»Das bestimmt nicht. Mit der Lilian hatte sie nichts im Sinn. Kein Wunder, die hat sie nur immer verspottet und ihr gesagt, sie sollte sich endlich mal ’nen Freund anschaffen.«

Wexford erhob sich. »Ich gehe dort hinaus, Mrs. Parker.« Er öffnete die Tür zum Garten, weil er Nicky nicht in die Arme laufen wollte.

»Machen Sie schön wieder hinter sich zu. Alle jammern über die Hitze, aber ich hab immer kalte Hände und Füße, das werden Sie auch noch erleben, wenn Sie mal so alt sind wie ich, junger Mann.«

Mrs. Crown war noch immer nicht aufgekreuzt. Er hatte die fragliche Nacht nicht überprüft, wo sie sich herumgetrieben hatte, aber war es überhaupt denkbar, daß sie ihre Nichte umgebracht hatte? Das Motiv war sehr dürftig, es sei denn, sie hätte gewußt, daß ein Testament vorlag. Wer weiß, vielleicht gab es wirklich so ein Testament, bei Notaren hinterlegt, denen der Tod des Erblassers noch unbekannt war; aber der Tante, die ihr so unsympathisch war, hätte Rhoda Comfrey nie etwas hinterlassen. Außerdem, hätte diese kleine, schmächtige Person rein körperlich nicht die Kraft gehabt . . .

Sein Wagen, in dem er sicherheitsbewußt die Fenster hochgekurbelt hatte, war innen heiß wie ein Backofen; das Lenkrad konnte er kaum anfassen. Bei der Rückfahrt war er froh, daß er seine Körperfülle verloren hatte. Wenn er schwitzte, sah er jetzt wenigstens nicht aus wie ein Spanferkel, das sich langsam am Grill dreht.

Ehe die Sonne auf seine Seite des Gebäudes herüberwanderte, schloß er in seinem Büro die Fenster, um die warme Luft auszusperren, und ließ die Jalousien herunter. Abgesehen von einer kurzen Mittagspause in der Kantine saß er für den Rest des Tages dort oben und dachte nach. Er konnte sich aus seiner Praxis an keinen einzigen Fall erinnern, in dem sie nach neun Tagen noch keinen einzigen möglichen Verdächtigen und kein Motiv gehabt hatten. Noch nie zuvor war ihnen das Privatleben des Opfers so sehr verschlossen geblieben. Nach stundenlangem Nachdenken war er lediglich zu dem Schluß gekommen, daß es sich bei dem Mord – so widersinnig es sich anhören mochte – um ein Verbrechen aus Leidenschaft, um eine nicht vorsätzliche Tat gehandelt hatte – und daß Mrs. Parker Rhoda Comfreys Charakter entschieden in zu rosigem Licht sah.

»Wo ist deine Mutter?« fragte Wexford, als er seine Tochter allein antraf.

»Oben. Sie liest den Kindern vor.«

»Kann ich dir irgendwie helfen, Sylvia?«

Sie hob die Schultern. »An den Tatsachen läßt sich nichts ändern. Ich bin eine Frau und damit automatisch ein Mensch zweiter Klasse.«

»Das war aber nicht immer deine Einstellung.«

»Ach, Dad, die Menschen ändern sich eben, sie halten nicht ihr ganzes Leben lang hartnäckig an vorgefaßten Meinungen fest. Ich habe viel gelesen, ich bin zu Versammlungen gegangen, – aber wahrscheinlich wirst du wie Neil sagen, es wäre besser gewesen, wenn ich das nicht getan hätte.«

»Mag sein, – wenn das, was du gelesen und gehört hast, dich aus einer glücklichen in eine unglückliche Frau verwandelt und deine Ehe zerstört hat. Bist du denn hier bei deinen Eltern weniger ein Mensch zweiter Klasse als daheim mit deinem Mann?«

»Ja – sobald ich eine Stellung gefunden und eine Berufsausbildung begonnen habe.«

Ihr Vater behielt den Gedanken für sich, daß er nicht gerade davon erbaut war, wenn seine Tochter irgendwelche Lehrgänge besuchte, während ihre Mutter sich um Robin und Ben kümmern durfte. Statt dessen fragte er sie, ob ihrer Meinung nach das Frau-Sein nicht auch gewisse Vorteile hätte. »Wenn du einen Platten hast«, sagte er, »hält bestimmt innerhalb von fünf Minuten ein männliches Wesen und wechselt dir den Reifen, einfach, weil du eine gute Figur und ein nettes Lächeln hast. Aber ich könnte einen ganzen Tag lang dastehen und winken, ehe mir einer auch nur einen Wagenheber borgt.«

»Gute Figur, nettes Lächeln«, fauchte sie erbost. »Weißt du, was das bedeutet? Sie pfeifen hinter dir her, aber sie haben keine Achtung vor dir. Plumpe Komplimente, ja, die kannst du haufenweisen haben, aber nie bekommst du eine vernünftige Bemerkung von Mensch zu Mensch.«

»Komm, komm, jetzt übertreibst du aber.«

»Bestimmt nicht, Dad. Ich will dir ein Beispiel geben. Vor zwei Wochen ist Neil beim Rückwärtsfahren gegen den Torpfosten geprallt, und ich habe den Wagen in die Werkstatt gebracht, um die hintere Stoßstange und den Scheinwerfer richten zu lassen. Weißt du, was der Chef sagte, als die Monteure mit Pfeifen fertig waren? ›Ihr Frauen ... Ich wette, Sie haben von Ihrem Alten ganz schön was zu hören gekriegt.‹ Er hielt es für selbstverständlich, daß ich es war, weil ich eine Frau bin. Und als ich seinen Irrtum aufgeklärt hatte, konnte er einfach nicht ernsthaft über die Sache reden. Ständig machte er blöde Witze und sagte, ich sollte Neil das und jenes erklären. ›Sein Wagen‹ sagte er immerfort. Ich weiß über Autos genausogut Bescheid wie Neil, es ist ebensogut mein Wagen wie sein Wagen.« Sie unterbrach sich und wurde rot. »Nein, eben nicht«, brach es dann aus ihr heraus. »Und es ist auch nicht ebensogut mein Haus wie sein Haus. Meine Kinder sind nicht mal so sehr meine wie seine Kinder, er ist der gesetzliche Vormund. Ja, selbst über mein eigenes Leben kann ich nicht allein bestimmen.«

»Ich schlage vor, daß wir jetzt erst mal was trinken«, sagte ihr Vater, »und dann beruhigst du dich etwas und erklärst mir mal ganz genau, was du Neil eigentlich vorwirfst. Vielleicht kann ich für dich den Vermittler spielen.«

So kam es, daß er zwei Stunden später mit seinem Schwiegersohn in dem Haus zusammensaß, das er früher immer so gern besucht hatte, weil es laut war und warm und – das hatte er jedenfalls immer gedacht – voller Liebe. Jetzt war es verstaubt, kalt und still. Neil behauptete, er hätte gegessen, aber Wexford hielt es für wahrscheinlich, daß er die Mahlzeit in flüssiger und erheblich prozenthaltiger Form genossen hatte.

»Natürlich will ich Syl wiederhaben, Reg, und meine Kinder auch. Ich liebe sie, daß weißt du. Aber ich kann ihre Bedingungen nicht erfüllen. Ich will es auch nicht. Ich soll irgendein blödes Au-pair-Mädchen ins Haus nehmen, was die Jungen ein Zimmer kostet, und ihr ein Gehalt zahlen, das ich mir schlecht leisten kann, nur damit Sylvia einen Beruf erlernt, der ohnehin schon überbesetzt ist. Sie ist – oder war – eine ideale Ehefrau und Mutter. Mir will es einfach nicht in den Kopf, weshalb ich für all die Dinge, die sie so gut macht, eine fremde Person einstellen soll, während sie einen Beruf lernt, in dem sie später vielleicht überhaupt nicht gut ist. Willst du was trinken?«

»Nein, danke.«

»Ich schon. Du brauchst mir nicht zu sagen, daß ich genug hatte. Das weiß ich selber. Ich frage mich: Weshalb können wir nicht jeder das tun, worauf wir uns verstehen? Ich behaupte doch gar nicht, daß ihre Arbeit weniger wichtig ist als meine. Ich behaupte auch nicht, daß sie ein Mensch zweiter Klasse ist, und wenn sie sagt, daß andere so was behaupten, bildet sie sich meiner Meinung nur was ein. Aber ich bezahle ihr kein Gehalt für etwas, was andere Frauen seit Urzeiten aus Liebe tun. Ich denke nicht daran, meine Karriere zu gefährden, indem ich einfach eine Auslandsreise abblase, oder mich aufzuarbeiten, indem ich nach Feierabend das Haus putze und die Kinder in die Badewanne stecke. Schön, ich trockne ab, ich sorge dafür, daß sie jede Menge Maschinen bekommt, die ihr den Haushalt erleichtern, aber wer die Gleichberechtigung nötiger hat, wenn ich Tag und Nacht arbeiten soll, während sie jahrelang die Zeit auf einer Schule vertrödelt, das möchte ich mal wissen. Ich wünschte, ich wärc eine Frau, das kann ich dir versichern: keine Geldsorgen, keine wirkliche Verantwortung, kein sturer Büroalltag . . .«

»Das wünscht du dir doch nicht im Ernst, Neil.«

»Diese Woche schon.« Neil sah sich verzweifelt in dem Chaos um, das ihn umgab. »Ich verstehe nichts von Hausarbeit, ich kann nicht kochen. Aber ich kann auf anständige Weise Geld verdienen. Warum können wir uns nicht, wie früher, die Aufgaben teilen? Ich könnte diesen Emanzen den Hals umdrehen. Ist es nicht verrückt, daß eine politische Idee, etwas ganz und gar Unpersönliches, zwei Menschen wie uns entzweien kann?«

»Für sie ist es eben nichts Unpersönliches«, sagte Wexford bedrückt. »Wäre nicht ein Kompromiß möglich, Neil? Könntest du nicht wenigstens ein Jahr ein Au-Pair-Mädchen nehmen, bis Ben zur Schule geht?«

»Könnte sie nicht noch ein Jahr warten, bis Ben zur Schule geht? Ehe besteht aus Geben und Nehmen, heißt es immer, aber bei uns habe ich den Eindruck, daß ich ausschließlich für das Geben zuständig bin und sie das Nehmen besorgt.«

»Und ihrer Meinung nach ist es genau umgekehrt. Ich gehe jetzt, Neil.« Wexford legte seinem Schwiegersohn eine Hand auf den Arm. »Trink nicht zu viel. Das ist keine Lösung.«

»Tut mir leid, Reg, aber für heute habe ich den festen Vorsatz gefaßt, mich sinnlos zu besaufen.«

Wexford erzählte seiner Tochter nichts von dem Gespräch, als er heimkam, und Sylvia stellte keine Fragen. Sie saß an der geöffneten Terrassentür, Ben, der aufgewacht war und geweint hatte, an sich gepreßt, und las mit rebellischer Miene ein Buch mit dem schönen Titel: »Die Frau und die sexistische Verschwörung.«

9

Ben schlief unruhig und wachte um sieben mit Halsschmerzen auf. Sylvia und ihre Mutter beratschlagten noch, ob sie Dr. Crocker kommen lassen oder mit dem Kleinen in die Sprechstunde fahren sollten, als Wexford zum Dienst ging.

Er war etwas spät dran. Burden erwartete ihn, unruhig hin und her gehend, in seinem Büro.

»Ein kleiner Hoffnungsschimmer. Eben hat sich ein Arzt gemeldet, der in London praktiziert und sagt, daß Rhoda Comfrey seine Patientin war.«

»Endlich. Warum hat er nicht schon früher angerufen?«

»Er war, wie so viele, auf Urlaub. Übrigens in Südfrankreich. Er hat von dem Mord erst gestern abend erfahren, als er eine Zeitung von der letzten Woche sah.«

»Du hast ihm doch sicher gesagt, daß wir ihn sprechen wollen?«

Burden nickte. »Er hofft, gegen elf mit seiner Sprechstunde fertig zu sein, und wartet dann in seiner Praxis auf uns.« Er warf einen Blick auf seine Notizen. »Ein gewisser Dr. Christopher Lomond, seine Praxis hat er in der Midsomer Road, Parish Oak, London W 19.«

»Nie gehört«, meinte Wexford.

»Ich weiß, wo es ist. Ich habe nachgesehen. Das Haus gehört noch zu Ihrem Lieblingsbezirk, dem Londoner Borough of Kenbourne.«

»Da wären wir also wieder, – ich hätte es mir denken können. Und zu allem Überfluß hat Stevens die Grippe. Im August, man stelle sich das mal vor! Wenn du also nicht gerade einen unwiderstehlichen Drang verspürst, dich per Auto in den Londoner Verkehr zu stürzen, nehmen wir besser den Zug.«

Von der U-Bahn-Station Parish Oak fuhren sie mit einem Bus eine lange, hügelige Straße hinauf, an der ansehnliche Häuser standen. Die Vorgärten waren allerdings der Straßenerweiterung zum Opfer gefallen. Eine der Querstraßen war die Midsomer Road.

Dr. Lomonds Praxis befand sich in einem Flachdachanbau von Nummer 61. Die Sprechstundenhilfe bat sie herein. Der Arzt, ein jüngerer Mann mit vergnügtem rosa Gesicht, erwartete sie schon.

»Nach dem Zeitungsfoto hätte ich Miss Comfrey nicht erkannt«, erklärte er. »Aber der Name kam mir bekannt vor, und als ich mir daraufhin das Foto noch einmal genauer anschaute, sah ich eine gewisse Ähnlichkeit und habe meine Akten durchgeforstet. Rhoda Agnes Comfrey, 6 Princevale Road, Parish Oak.«

»Sie war demnach nicht oft bei Ihnen?« fragte Wexford.

»Nur einmal. Im September letzten Jahres. So etwas hat man oft. Es treibt sie erst zum Arzt, wenn sie das Gefühl haben, daß ihnen wirklich etwas fehlt. Sie ließ sich auf meine Patientenliste setzen und bat sofort um einen Termin.«

»Bestehen Bedenken dagegen, uns zu sagen, weshalb Miss Comfrey Sie konsultiert hat?« fragte Burden vorsichtig.

»Ach wo«, lachte der Doktor. »Die Ärmste ist schließlich tot. Sie vermutete eine Blinddarmentzündung, weil sie Schmerzen auf der rechten Bauchseite hatte. Ich untersuchte sie, konnte aber nichts feststellen, was auf eine Blinddarmreizung hindeutete. Meiner Meinung nach handelte es sich einfach um eine Magenverstimmung. Ich riet ihr, Alkohol und Gebratenes zu meiden. Bei anhaltenden Beschwerden sollte sie wiederkommen, dann würde ich ihr eine Überweisung ins

Krankenhaus geben. Sie schien nicht scharf darauf zu sein, ins Krankenhaus zu gehen. Es hat mich deshalb nicht gewundert, als sie nicht wiederkam. Ich habe eine Karte für sie, wie für alle meine Patienten.« Er las vor: »Rhoda Agnes Comfrey, Alter 49. Die üblichen Kinderkrankheiten sonst keine ernsthaften Erkrankungen. Keine Operationen. Sie raucht – ich habe ihr übrigens geraten, das aufzugeben – und trinkt ›in Gesellschaft‹. Ein dehnbarer Begriff. Vorher war sie Patientin bei Dr. Castle, Glebe Road, Kingsmarkham, Sussex.«

»Er ist letztes Jahr gestorben«, erklärte Wexford. »Sie haben uns sehr geholfen, Doktor. Ich kenn mich hier nicht aus – können Sie mir sagen, wo die Princevale Road ist?«

»Ein paar Querstraßen weiter in Richtung Bahnhof. An der Ecke sind ein paar Läden.«

Wexford und Burden gingen langsam zurück zur Hauptsraße und lasen den Straßennamen, Montfort Hill.

»Sonderbar«, meinte Wexford nachdenklich, »daß sie ausgerechnet beim Arzt – und anscheinend nur hier – unter ihrem richtigen Namen aufgetreten ist . . .«

Baker spielte zum Glück nicht mehr die beleidigte Leberwurst, sondern begrüßte Wexford herzlich.

»Michael, ich möchte Sie mit meinem Mitarbeiter Mike Burden bekanntmachen. Und das, Mike, ist Sergeant Clements.«

»Princevale Road?« vergewisserte sich Baker. »Sehr angenehme Gegend. Wenn ich mich nicht irre, gehört Nummer Sechs zu einem Block sogenannter Stadtbungalows mit viel Glas und Holzverschalung.«

»Entschuldigen Sie, Sir«, schaltete sich Clements eifrig ein, »aber wenn *ich* mich nicht sehr irre, sind wir dort vor ein paar Monaten zu einem Einbruch gerufen worden. Ich gehe mal schnell nach unten und sehe nach.«

Baker schien nichts dagegen zu haben, daß die Besucher aus der Provinz die ereignislosen Augustwochen in Kenbourne Vale etwas belebten. »Was halten Sie von einem Mittagessen im *Grand Duke,* Reg? Dann könnten wir hinterher alle zusammen in die Princevale Road fahren.«

Wexford, dem daran lag, den schwierigen Baker bei Laune zu halten, stimmte sofort zu. »Ohne Sie wäre ich glatt aufgeschmissen, Michael«, setzte er vorsichtshalber noch hinzu. Baker strahlte.

Der Sergeant kam mit wichtigem Gesicht zurück. »In dem Haus

wohnt eine gewisse Mrs. Farriner«, berichtete er. »Sie ist zur Zeit auf Urlaub. Der Einbruch war zwei Häuser weiter. Aber sie hat offenbar eine Menge wertvoller Sachen, denn ehe sie am Samstag vor einer Woche wegfuhr, kam sie zu uns, gab uns den Schlüssel und hat uns gebeten, das Haus ein bißchen im Auge zu behalten.«

»Sie soll ihre Wertsachen ins Schließfach legen«, murrte Baker. »Was hat es für einen Zweck, wenn wir –«

»Wie alt ist sie, Sergeant?« fragte Wexford aufgeregt dazwischen. »Wie sieht sie aus?«

»Ich selbst habe sie nicht gesehen, Sir. In mittlerem Alter, glaube ich, eine Witwe oder vielleicht geschieden. Dinehart kennt sie.«

»Dann zeigen Sie ihm bitte das Foto.«

»Meinen Sie wirklich, Mrs. Farriner könnte diese Comfrey sein, Sir?«

»Warum nicht?« fragte Wexford zurück.

Aber Dinehart war seiner Sache nicht sicher. Gewiß, Mrs. Farriner war eine hochgewachsene Frau mit dunklem Haar, die allein lebte. Aber ob sie wie das Mädchen auf dem Foto aussah – tja, zwanzig Jahre machen bei einer Frau viel aus . . . Er mochte sich nicht festlegen.

Wexford war ganz aus dem Häuschen vor Aufregung. Warum hatte er daran nicht schon eher gedacht? Ständig stieß er bei seinen Ermittlungen ins Leere, weil wieder mal jemand auf Urlaub war – und doch hatte er sich nie ernsthaft überlegt, daß Freunde und Nachbarn Rhoda Comfrey unter Umständen einfach deshalb nicht vermißt hatten, weil sie dachten, sie sei verreist. Sie hatten keinen Anlaß, zwischen Mrs. Farriner, die sich im Lake District der wohlverdienten Erholung hingab, und Miss Rhoda Comfrey, die in einem Provinznest in Sussex ermordet aufgefunden worden war, eine Verbindung herzustellen.

Seine Kollegen betrachteten diese Wendung des Falles, die Wexford schon als den entscheidenden Durchbruch sah, eher gelassen. Selbst Burdens Begeisterung hielt sich in Grenzen.

»Findest du es nicht merkwürdig«, meinte er, »daß eine Frau wie diese Mrs. Farriner, die offensichtlich wohlhabend ist, eine Brieftasche behält, die sie vermutlich im Bus gefunden hat?«

»Nichts ist so merkwürdig wie der Mensch«, erklärte Wexford.

»Mag sein«, beharrte Burden. »Aber vor ein paar Tagen hast du mir selber gesagt, jedes Verhalten, das nicht der Norm entspricht, sei dir wichtig. Ich kann mir eine solche Handlungsweise allenfalls noch bei Rhoda Comfrey, nicht aber – nach allem, was wir von ihr wissen – bei dieser Mrs. Farriner vorstellen. Deshalb halte ich es für unwahrscheinlich, daß es sich um ein und dieselbe Person handelt.«

»Wir werden es nicht herausbekommen, indem wir hier sitzen und uns vollstopfen«, sagte Wexford verärgert.

Zu seiner Überraschung schlug Baker sich auf seine Seite. »Ganz richtig. Wenn ihr fertig seid, machen wir uns auf den Weg.«

Als sie vorhin mit dem Bus die Montfort Hill hinaufgefahren waren, hatte Wexford die linker Hand liegende kleine Ladenzeile mit fünf oder sechs Geschäften nicht bemerkt. Auch jetzt, vom Wagen aus, wurde er nur aufmerksam, weil Burden sie so eingehend betrachtete. Die Querstraße direkt hinter den Läden war die Princevale Road, und auch das Straßenschild sah sich Burden besonders interessiert an, ja, er drehte sich sogar noch einmal danach um, als sie schon vorbei waren.

Am Ende der Straße – oder vielmehr, wenn man nach den Nummern ging, am Anfang – standen sechs Reihenhäuser, die kaum älter als zehn Jahre sein mochten. Sie waren drei Stockwerke hoch, mit Zedernholz verschalt und hatten große Panoramafenster. Zu jedem Haus gehörte eine eingebaute Garage. Die Haustüren waren alle in verschiedenen Farben lackiert, orangefarben, oliv, blau, dunkelbraun, gelb und limonenfarben. Nummer Sechs, das Endhaus in der Reihe, wäre für einen Einbrecher mit auch nur einigermaßen geübtem Blick leichte Beute gewesen, weil so vieles auf die Abwesenheit des betuchten Besitzers hindeutete. Sämtliche Fenster waren geschlossen, die Vorhänge völlig symmetrisch zurückgezogen. Auf der Schwelle stand ein leerer Milchflaschenständer ohne Flaschen, der Briefschlitz war mit Post verstopft. Da nützt auch die Aufmerksamkeit der örtlichen Streife wenig, dachte Wexford bei sich.

Ziemlich widerstrebend ließ er jetzt zu, daß Baker und Clements ihm einen Teil seiner Arbeit abnahmen. Der Inspektor und sein Sergeant klingelten bei Nummer Eins, während Wexford und Burden auf das Haus neben Nummer sechs zugingen.

Mrs. Cohen in Nummer fünf war eine gutaussehende Jüdin Anfang Vierzig. Im Wohnzimmer standen Nippesfiguren herum, an den Wänden hing eine teuere Golddrucktapete. Wexford registrierte Fotos, die offensichtlich die Kinder zeigten, eine üppige Tochter im Brautkleid, ein Sohn bei der Bar-Mitzwa-Feier.

»Mrs. Farriner? Eine ganz reizende Person. Eine tapfere Frau, sie schlägt sich ganz allein durch. Ja, ganz recht, geschieden. Der Mann muß ein richtiger Nichtsnutz gewesen sein, aber Einzelheiten hat sie mir nie erzählt, und ich würde auch nicht danach fragen. Sie hat eine schicke, kleine Boutique am Montfort Circus. Ich habe bei ihr ein paar ganz exklusive Sachen gekauft, die hat sie mir zum Selbstkostenpreis überlassen. Ich habe wirklich eine gute Nachbarin, das muß ich sagen. Nein, das darf doch nicht wahr sein«, stieß sie hervor, nachdem sie einen Blick auf das Foto geworfen hatte. »Ermordet? Nein, das kann ich mir nicht vorstellen. Ein falscher Name hätte nicht zu ihr gepaßt. Rose Farriner heißt sie. Nein, was Sie sagen, ist geradezu lächerlich. Natürlich weiß ich, wo sie ist, Zuerst ist sie zu ihrer Mutter gefahren, die irgendwo auf dem Land in einem sehr netten Pflegeheim ist, und dann wollte sie weiter zum Lake District. Nein, eine Karte hat sie mir nicht geschickt, das erwarte ich auch gar nicht.«

Nummer Vier war das Haus, in das schon einmal eingebrochen worden war. Als sie sich bei Mrs. Elliott vorstellten, dachte sie sofort, es habe wieder einen Einbruch gegeben. Sie war um die Sechzig und wirkte sehr ängstlich. Nein, sie war nie in Rose Farriners Haus gewesen, und Mrs. Farriner hatte sie auch nie besucht. Aber sie wußte, daß Mrs. Farriner eine Boutique besaß und jetzt verreist war. Sie sei auch manchmal übers Wochenende weggefahren, setzte sie hinzu. »So etwas kann man sich in unserer Gegend eigentlich gar nicht mehr leisten, wo so viel Diebespack unterwegs ist.« Sie zeigten ihr das Foto, das ihr einen heftigen Schrecken einjagte. Nein, sie konnte nicht sagen, ob Mrs. Farriner als junge Frau so ausgesehen hatte. Selbst Vermutungen anzustellen schien ihr offensichtlich zu gefährlich.

»Rhoda ist das griechische Wort für Rose«, sagte Wexford zu Burden. »Sie hat ihren Bekannten erzählt, daß sie ihre Mutter in einem Pflegeheim besucht. Könnte es nicht sein, daß sie einfach gewisse Fakten ausgetauscht hat, daß man nur statt Mutter Vater, statt Pflegeheim Krankenhaus zu setzen braucht?«

Baker und Clements erwarteten sie vor dem Gartentor zu Nummer drei. Auch ihnen hatte man von der Boutique, der Mutter im Pflegeheim und der Reise in den Lake District erzählt, auch sie waren beim Vorzeigen des Fotos nur auf Ratlosigkeit gestoßen. Zu viert standen sie dann vor der dunkelbraunen Tür.

Mrs. Delano war eine zarte junge Blondine mit einem blassen blonden Baby, das im Kinderwagen auf der Veranda schlief.

»Rose Farriner ist so zwischen vierzig und fünfzig«, sagte sie. Es klang, als käme es in diesem Alter auf ein paar Jahre mehr oder weniger nicht mehr an. Sei betrachtete das Foto genau und wurde womöglich noch blasser. »Ich habe in der Zeitung darüber gelesen, aber ich hätte nie gedacht, daß . . . Ja, sie könnte es sein.«

Im linken Schaufenster waren die modischen Sachen für sehr junge Leute ausgestellt: Jeans und Westen, T-shirts, lange Ringelsocken. Das andere Fenster interessierte Wexford mehr, dann die Kleider, die dort zu besichtigen waren, gehörten in die gleiche Kategorie wie die Sachen, die Rhoda Comfrey getragen hatte, als sie ermordet worden war. Rot, Weiß und Marine waren die vorherrschenden Farben, Käuferzielgruppe mochten Frauen mittleren Alters und gehobener Einkommenklassen sein. »Gediegener Schick« war die in Modejournalen für diese Art von Garderobe verwendete Bezeichnung. Wexford wußte von seinen Töchtern, daß mit diesem Wort automatisch auch eine ganze Generation gekennzeichnet war. Zwischen den Kleidungsstücken belebten bunten Glasperlenketten die Dekoration.

Eine Frau um die Dreißig, eine gewisse Mrs. Moss, vertrat Rose Farriner in ihrer Boutique. Sie war verständlicherweise zurückhaltend, ja, fast mißtrauisch. Wieder holten sie das Foto hervor, wieder wurden Zweifel laut. Mrs. Moss arbeitete erst seit einem halben Jahr für Mrs. Farriner und kannte sie nur vom Geschäft her.

»Wissen Sie, von wo Mrs. Farriner stammt?« wollte Burden wissen.

»Mrs. Farriner hat nie über private Dinge mit mir gesprochen.«

»Würden Sie sie als verschlossen bezeichnen?«

Mrs. Moss warf verärgert den Kopf zurück. »Unsinn. Wir halten beide nichts von Klatsch und Tratsch, das ist alles.«

»Hatte sie mal Blinddarmentzündung?« erkundigte sich Wexford unvermittelt.

»Wie meinen Sie?«

»Hat sie sich den Blinddarm herausnehmen lassen?«

Auch diese Frage hätte Mrs. Moss offenbar gern mit einer schnippischen Antwort abgetan, aber irgendwie hinderte Wexfords ernsthafter Blick sie daran. »So etwas dürfte ich Ihnen eigentlich gar nicht erzählen. Es ist ein Vertrauensbruch.«

»Sie wissen, wer Mrs. Farriner unserer Meinung nach in Wirklichkeit ist oder war. Wollen Sie tatsächlich die Arbeit der Polizei behindern?«

»Aber sie kann überhaupt nicht diese Rhoda Comfrey sein. Mrs. Farriner macht Urlaub im Lake District. Am Montag ist sie wieder hier.«

»Sind Sie Ihrer Sache da so sicher? Hat sie Ihnen eine Karte geschickt? Hat sie angerufen?«

»Natürlich nicht. Dazu lag gar kein Grund vor. Sie wollte am Samstag heimkommen, soviel hat sie mir erzählt.«

»Ich will Ihnen gegenüber ganz offen sein«, erklärte Wexford, »erwarte aber die gleiche Offenheit auch von Ihnen. Wenn Mrs. Rose Farriner sich den Blinddarm hat herausnehmen lassen, kann sie nicht Miss Rhoda Comfrey sein. Wir haben keine Narbe gefunden, die auf eine solche Operation hingewiesen hätte. Wenn sie dagegen ihren Blinddarm noch hat, spricht sehr viel dafür, daß es sich um Miss Comfrey handelt. Wir müssen es einfach wissen, Mrs. Moss.«

»Na schön«, seufzte diese. »Vor etwa einen halben Jahr, es muß Februar oder März gewesen sein, ist Mrs. Farriner ein paar Tage zu Hause geblieben. Wegen einer Lebensmittelvergiftung. Als sie zurückkam, erzählte sie mir, sie hätte zuerst gedacht, es wäre der Blinddarm, weil sie solche Beschwerden schon öfter gehabt hatte.«

10

Die Hitze tanzte in flimmernden Schleiern auf der weißen Straße. Unablässig, mit ohrenbetäubendem Lärm, kreiste der Verkehr um den Montfort Circus. Die von Chrom und Glas reflektierten Sonnenstahlen blendeten schmerzhaft die Augen. Wexford und Baker flüchteten sich in den Wagen, den Clements frech und gottesfürchtig ins Parkverbot gestellt hatte.

»Ich muß in das Haus hinein, Michael.«

»Den Schlüssel haben wir ja«, meinte Baker nachdenklich. Er begegnete Wexfords Blick und sah schnell wieder weg. »Nein, nein, ich weiß schon, das geht nicht. Wir müssen es über einen Durchsuchungsbefehl machen. Überlaß alles mir, Reg, ich werde sehen, was sich tun läßt.«

Burden und Clements waren draußen auf dem Gehsteig in eine angeregte Unterhaltung vertieft, was Wexford überraschte, der die beiden für Männer gehalten hatte, die kaum gemeinsame Gesprächsthemen hatten. Offenbar hatte er sich geirrt. Sie empörten sich im Duett über den skandalösen Anblick der jungen Hausfrau in der Princevale Road Nummer zwei, die nur mit einem Bikini bekleidet gewesen war. Wexford tippte dem Inspektor auf die Schulter.

»Auf geht's, John Knox. Ich möchte den Vier-Uhr-fünfunddreißig-Zug nach Sussex noch erwischen.«

Burden machte ein beleidigtes Gesicht; als sie sich verabschiedet hatten und der U-Bahn zustrebten, bemerkte er, Clements sei ein sehr netter Bursche. Im übrigen, setzte er ein wenig rachsüchtig hinzu, würden sie aufgrund dieser Beweislage nie einen Durchsuchungsbefehl bekommen.

»Was heißt: aufgrund dieser Beweislage? Meiner Meinung nach sind die Beweise schlüssig. Du hast doch wohl nicht im Ernst erwartet, eine der Frauen würde uns die ganze Geschichte auf einem silbernen Tablett servieren? ›Ja, Rose hat mir im Vertrauen verraten, daß sie in Wirklichkeit Comfrey heißt . . .‹ Sieh dir die Fakten an. Eine Frau von fünfzig Jahren geht zum Arzt, weil sie befürchtet, eine Blinddarmentzündung zu haben. Sie nennt den Namen Comfrey und gibt als Adresse Princevale Road 6 an. Die einzige Bewohnerin dieses Hauses ist eine Frau um die fünfzig namens Rose Farriner. Ein halbes Jahr später spricht Rose Farriner wieder von einer möglichen Blinddarmentzündung. Rhoda Comfrey ist tot, Rose Farriner ist verschwunden. Rhoda Comfrey war wohlhabend, hatte wahrscheinlich ihr eigenes Geschäft. Rose Farriner ist wohlhabend und besitzt eine Boutique. Rose Farriner hat eine kranke Mutter in einem Pflegeheim auf dem Lande, Rhoda Comfrey hat einen kranken alten Vater in einem Krankenhaus auf dem Lande. Wenn das nicht überzeugend klingt . . .«

Burden ging auf dem Bahnsteig auf und ab und sah sich mißmutig die verblichenen Plakate an, die längst abgelaufene Filme anpriesen. »Trotzdem – ich habe das Gefühl, daß es schwerhalten wird, einen Haussuchungsbefehl zu bekommen.«

»Aber nicht nur deswegen hast du Bauchschmerzen bei diesem Fall, stimmt's?«

»Stimmt, Reg. Gefühle und Intuitionen sind ja sonst deine Domäne, aber als wir vorhin Montfort Hill hinauffuhren und an den Läden vorbeikamen und ich den Straßennamen an der Wand las, da hatte ich plötzlich ein ganz blödes Gefühl, als ob – Ach was, das ist ja alles Unsinn. Schwamm drüber. Wir werden unseren Durchsuchungsbefehl schon bekommen.«

»Na, du bist gut! Erst machst du einem den Mund wäßrig, und dann –«

»Tut mir leid. Meiner Meinung nach haben bei polizeilichen Ermittlungen plötzliche Eingebungen und Inspirationen nichts zu suchen.«

Wexford schluckte nur mit Mühe seinen Zorn herunter. »Du bist wirklich ein komischer Kauz«, fuhr er den Kollegen an. Aber der hereindonnernde Zug verschluckte seine Worte.

Der Artikel in der Freitagsausgabe war nicht dazu angetan, seine Laune zu verbessern. »Fall Comfrey: Polizeichef steht vor einem Rätsel«, lautete die Schlagzeile über vier Spalten auf der Titelseite.

Er fuhr zur Forest Road und benutzte Rhoda Comfreys Schlüssel, um sich Einlaß in das Haus des toten James Comfrey zu verschaffen. Welche Türen mochten die anderen beiden Schlüssel an dem Ring öffnen? Er hatte das Gefühl, daß zumindest einer in das Schloß von Rose Farriners Haus in der Princevale Road passen würde, behielt aber im Augenblick diese Überzeugung wohlweislich noch für sich. Und der dritte? Vielleicht war es der Schlüssel zu der Boutique ... Er riß schleunigst das Fenster im Wohnzimmer auf, in dem die Luft jetzt unerträglich stickig war.

Aus den Schubläden, in denen seine Mitarbeiter die alte Unordnung aus Schnur, Nadeln, Mottenkugeln und Münzen brav wieder hergestellt hatten, holte er sämtliche Schlüssel heraus. Er zählte fünfzehn. Drei Yale; ein Norland-Sicherheitsschlüssel, einer mit dem Aufdruck RST, einer mit der Prägung FGW Ltd., sieben rostige und verdreckte einfache Schlüssel, die zu Hintertüren oder Toiletten oder Gartentoren gehören mochten, ein Autoschlüssel und ein Kofferraumschlüssel, beide mit dem Citroën-Zeichen. Sie hatten nicht zusammen in der gleichen Schublade gelegen und hatten keine Anhänger.

Als es draußen an der Haustür klopfte, fuhr er zusammen. Auf der Schwelle stand Lilian Crown.

»Ach, Sie sind's«, sagte sie. »Hab gedacht, Kinder machen sich hier zu schaffen. Oder Landstreicher. Kann man heute alles nicht wissen, stimmt's?«

Sie trug lange rote Hosen und ein T-shirt, das besser zu Robin gepaßt hätte.

»Kommen Sie herein, Mrs. Crown.« Wexford schloß die Tür hinter ihr. Sie zog die Nase hoch.

»Das stinkt ja hier ganz schön. Zehn Jahre hab ich dieses Loch nicht mehr betreten.« Sie schrieb etwas auf die Staubschicht der Kommode und kicherte wie ein Schulmädchen.

Die Hand voller Schlüssel, fragte Wexford: »Sagt Ihnen der Name Farriner etwas?«

»Wüßte nicht.« Sie schüttelte die dürre Haarmähne und zündete sich eine Zigarette an. Sie hatte nur nachsehen wollen, ob nicht Unbefugte das Haus betreten hatten, war nur von nebenan gekommen – aber sie hatte ihre Zigaretten und Streichhölzer mitgebracht.

»Ihre Nichte hatte vermutlich einen Wagen?« Er hielt die beiden kleineren Schlüssel hoch.

»Meinen Sie? Also gesehen hab ich den Wagen nie, und die Gelegenheit, bei uns Eindruck zu schinden, hätte sie sich bestimmt nicht entgehen lassen.«

»Wem gehören dann diese Schlüssel?« fragte er ziemlich scharf.

»Was fragen Sie mich? Wenn sie einen Wagen in London hatte, warum hat sie dann hier ihre Schlüssel herumliegen lassen? Verlassen Sie sich drauf, der Wagen hätte draußen vor der Tür gestanden, damit ihn auch ja alle zu sehen kriegen. Wenn sie's schon nicht zu 'nem Mann gebracht hat, hätte sie garantiert mit so'ner Karre angegeben. Wer wohl ihr Geld kriegt? Na, ich bestimmt nicht.«

Sie blies dem Chief Inspector eine Rauchwolke ins Gesicht, und er wich hustend ein paar Schritte zurück.

»Ich möchte doch noch einmal genau wissen, wie das mit Miss Comfreys Anruf bei Ihnen am Freitag abend war. Möglichst wörtlich, wenn es geht. Sie meldeten sich, und sie sagte: ›Hallo, Lilian. Rate mal, wer hier spricht.‹ So war es doch, oder?« Mrs. Crown nickte.

»Wann war das?«

»So gegen sieben. Ich meldete mich, und sie sagte das, was Sie eben gesagt haben, in so 'nem richtig affigen, gezierten Ton. ›Nicht schwer zu raten‹, sage ich. ›Wenn du wissen willst wie's deinem Dad geht, rufst du besser im Krankenhaus an‹! ›Hab ich schon‹, sagt sie. ›Ich fahre jetzt auf Urlaub, aber erst komme ich noch ein paar Tage bei dir vorbei . . .‹«

»Daß sie von einem Urlaub gesprochen hat, wissen Sie ganz genau?«

»Natürlich weiß ich das ganz genau. Mein Gedächtnis ist in Ordnung, da gibt's gar nichts. Ach, und noch was. ›Liebling‹ hat sie zu mir gesagt. Na, ich war ganz von den Socken . . . ›Erst komme ich noch ein paar Tage bei dir vorbei, Liebling‹, sagt sie. Sie war nicht allein, als sie angerufen hat, soviel steht fest, sie hat bestimmt bei 'ner Freundin Eindruck schinden wollen. Die sollte denken, daß sie mit einem Mann spricht.«

»Aber zuerst hat Miss Comfrey Sie mit ›Lilian‹ angeredet.«

»Da war die Freundin vielleicht gerade nicht im Zimmer. Ich kenn doch meine Rhoda. Nachher kam dieselbe Masche noch mal ›Ich hab mir gedacht, Liebling, du machst dir vielleicht Sorgen, wenn du plötzlich nebenan Licht siehst. Ich komme dann bei dir vorbei, wenn ich im Krankenhaus gewesen bin.‹ Und dann muß die andere wieder rausgegangen sein, ich hörte eine Tür klappen. Danach hat sie nur noch gesagt: ›Bis Montag dann. Leb wohl.‹«

»Sie haben ihr nicht zum Geburtstag gratuliert?«

Lilian Crown zuckte die Schultern. »Daß sie an diesem Tag Geburtstag hatte, hab ich erst hinterher von Oma Parker gehört. Kann kein Mensch verlangen, daß ich mir so was merke. Ich wußte nur noch, daß sie irgendwann im August Geburtstag hatte. Fünfzig Jahre und noch ungeküßt . . .«

»Das wäre dann alles, Mrs. Crown, besten Dank«, sagte Wexford frostig und brachte sie zur Tür.

Sobald er wieder im Büro war, griff er zum Telefon.

»Das kann ich Ihnen sofort sagen«, antwortete Baker auf seine Frage. »Dinehart hat es zufällig erwähnt. Rose Farriner hat einen Citroën. Hilft Ihnen das weiter?«

»Ich glaube schon, Michael. Haben Sie schon was davon gehört, wie das Gespräch zwischen meinem Chief Constable und Ihrem Superintendent ausgegangen ist?«

»Da werden wir wohl noch ein bißchen warten müssen, Reg.«

Wexford versprach, sich in Geduld zu fassen. Langsam klärte sich das Bild. Rhoda Comfrey hatte am Abend ihres Geburtstages in Gegenwart einer Freundin von der Princevale Road aus ihre Tante angerufen. War es wirklich eine Freundin gewesen, wie Lilian Crown vermutete– oder vielleicht doch ein Freund? Es mußte ein Mann gewesen sein, dachte er. Spät im Leben hatte sich schließlich doch noch ein Verehrer gefunden, den sie eifersüchtig machen wollte. Sie hatte ihr Ziel erreicht. Der Mann hatte erfahren, wohin Rhoda Rose Comfrey Farriner am Montag zu fahren gedachte. Für Wexford stand fest, daß der Zeuge des Telefongesprächs ihr Mörder gewesen war.

Die junge Dame, die in der Halle des Polizeireviers Kingsmarkham wartete, hatte dort für erheblichen Wirbel gesorgt. Sergeant Camb hatte ihr eine Tasse Tee kredenzt, und zwei junge Detective Constables hatten sich beflissen erkundigt, ob sie auch bequem saß und ob sie ihr wirklich nicht helfen konnten. Loring hatte sich überlegt, ob es wohl seine Stellung gefährden würde, sie auf ein Sandwich oder den von Chief Inspector Wexford als »Bullenfondue« bezeichneten Käsetoast in die Kantine einzuladen. Das Mädchen machte einen nervösen und unglücklichen Eindruck. Sie hatte eine Zeitung in der Hand, die sie immer wieder erschreckt betrachtete, aber sie hatte niemandem verraten, weshalb sie gekommen war. Sie wollte sich nur Wexford anvertrauen.

»Warum läßt er so lange auf sich warten?« fragte sie Loring.

»Er ist ein vielbeschäftigter Mann«, tröstete er. »Aber er kommt bestimmt bald.« Zum ersten Mal regte sich bei ihm so etwas wie Neid auf den alten Wexford. Der durfte nun mit einer solchen Schönheit unter vier Augen reden . . .

Und dann tauchte um halb eins tatsächlich der Chief Inspector auf.

»Guten Tag, Miss Patel.«

»Sie erinnern sich noch an mich?«

Loring hätte Wexford mit einer Antwort aushelfen können, zum Beispiel: Wer könnte Sie je vergessen . . . Aber sein Chef erklärte nur trocken, er habe glücklicherweise ein gutes Namensgedächtnis. Der arme Loring wurde mit der schnöden Bemerkung weggeschickt, wenn er nichts zu tun hätte, könne er, der Chief Inspector, diesem Zustand schnell abhelfen.

»Was kann ich für Sie tun, Miss Patel?«

Sie setzte sich in den Sessel, den Wexford ihr anbot. »Sie werden sehr böse sein. Ich habe etwas Schreckliches getan, ich trau mich gar nicht, es Ihnen zu beichten. Ich habe solche Angst, seit ich die Zeitung gelesen habe, und ich hab den ersten Zug genommen, den ich bekommen konnte. Sie sind alle hier so nett zu mir, aber wenn ich es Ihnen erzähle, werden Sie überhaupt nicht mehr nett sein.«

Wexford musterte sie nachdenklich. Die Spottlust schien wie weggewischt, die Kleine war offensichtlich wirklich beunruhigt. Er beschloß, es mit einer Prise Humor zu versuchen, vielleicht entspannte das die Atmosphäre.

»Ich habe seit Monaten keine jungen Damen mehr verspeist«, sagte er. »Und am Freitag esse ich grundsätzlich fleischlos.«

Aber das fand sie offensichtlich gar nicht komisch. Sie schluckte einmal, dann brach sie in Tränen aus.

11

Er konnte sie schlecht trösten wie seine Töchter Sylvia oder Sheila, die er einfach in den Arm genommen hätte. Statt dessen griff er zum Telefon, bestellte Kaffee und Sandwiches für zwei und meinte, mit vollem Mund ließe sich schlecht schimpfen.

Auch weinend war sie um keinen Deut weniger schön. Sie wischte sich die Augen und schniefte ein bißchen. »Sie sind schrecklich nett. Und ich habe mich so dumm benommen – ich muß den Verstand verloren haben.«

»Das kann ich mir gar nicht recht vorstellen. Wollen Sie gleich anfangen, oder möchten Sie erst einen Schluck Kaffee?«

»Ach, es ist am besten, wenn ich es so schnell wie möglich hinter mich bringe. Ich habe Sie absichtlich angelogen.«

Der Kaffee kam und ein Teller mit Schinkenbroten. Sie nahm eins, aß aber nicht. »Es geht um Polly«, sagte sie. »Polly geht abends nie allein auf die Straße. Wenn sie bei Grenville war, fährt er sie immer heim oder setzt sie ins Taxi. Vor einem Jahr ist ihr etwas Scheußliches passiert. Sie war allein draußen, es war schon dunkel, da stand plötzlich ein Mann hinter ihr und legte ihr die Arme um den Leib. Sie schrie und trat nach ihm, er rannte weg, aber danach hatte sie Angst davor, allein bei Dunkelheit unterwegs zu sein. Wenn der Besitz von Schußwaffen in England nicht verboten wäre, hat sie gesagt, würde sie sich eine Pistole anschaffen, zur Selbstverteidigung.«

»Zurück zu Ihrer angeblichen Lüge, Miss Patel«, mahnte Wexford freundlich. »Ich habe den Eindruck, daß Sie sich um den Augenblick der Wahrheit zu drücken versuchen.«

»Ich weiß . . . Ja, also, ich habe Ihnen gesagt, daß Polly an jenem Montagabend mit mir zusammen zu Hause war, aber das stimmte nicht. Sie ging weg, ehe ich von der Arbeit kam, und sie kam allein zurück, als ich schon im Bett lag. Am nächsten Tag fragte ich sie, wo sie gewesen war, weil ich wußte, daß Grenville verreist ist. Sie hätte genug von Grenville, sagte sie, und sei mit jemand anders aus gewesen. Ich weiß, daß sie seinetwegen schon lange unglücklich war, wegen Grenville, meine ich. Sie wollte gern zu ihm ziehen, daß heißt, noch lieber hätte sie ihn ja geheiratet, aber nicht mal geküßt hat er sie.« Malina Patel fröstelte. »Also, ich hätte mich nicht gern von ihm küssen lassen. Er war irgendwie komisch – nicht schwul, nein, das glaube ich jedenfalls nicht, es ist schwer zu erklären . . .«

»Zur Sache, Miss Patel . . .«

»Entschuldigen Sie bitte. Ja, nun hatte Polly also einen verheirateten Mann kennengelernt, und am Montag hatten sie sich für den Abend ein Motelzimmer genommen. Der Mann, sagte sie, hatte Angst, seine Frau könnte alles herausbekommen, sie hatte ihm einen Privatdetektiv auf den Hals gehetzt, und wenn dieser Detektiv käme, sollte ich sagen, wir seien zusammen zu Hause gewesen.«

»Sie haben mich für einen Privatdetektiv gehalten?«

»Ja. Verrückt, nicht? Aber schließlich – ich hatte es Polly versprochen. Was ist denn schon dabei, habe ich mir gesagt, es ist ja nicht strafbar, mit dem Mann einer anderen Frau zu schlafen, nicht? Es ist nicht sehr nett, aber ein Verbrechen ist es nicht.«

Wexford versuchte mit einigem Erfolg, sein Lachen zu unterdrükken. Sie hatte sich also gar nicht über die Freundin lustig gemacht, als sie ihn auf seine Detektivtätigkeit angesprochen hatte – sie war der ehrlichen Überzeugung gewesen, einen Privatdetektiv vor sich zu haben. Offenbar war sie – wenn es ihm auch fast wie ein Sakrileg erschien, so etwas zu denken – nicht nur schön, sondern auch dumm.

Sie aß ihr Schinkenbrot und trank einen Schluck Kaffee. »Ich war ja heilfroh, daß Polly wieder jemanden gefunden hatte, wo sie doch wegen Grenville so unglücklich war. Und Privatdetektive sind sowieso gräßliche Burschen, die überall herumschnüffeln und dafür noch bezahlt werden. Wenn man so einem Kerl was vorschwindelt, habe ich mir gedacht, schadet das weiter nichts.«

Diesmal ließ sich Wexfords Lachen nicht mehr unterdrücken. Sie warf ihm über den Rand ihrer Kaffeetasse einen unsicheren Blick zu.

»Kennen Sie Privatdetektive, Miss Patel?«

»Nein, nur vom Film.«

»Und solchermaßen vorgebildet konnten Sie mich natürlich sofort identifizieren . . . Aber jetzt mal ernsthaft: Miss Flinders wußte, wer ich bin. Hat sie Ihnen nichts von unserem Gespräch erzählt?«

Es war die entscheidende Frage. Von der Antwort hing es ab, ob er sie allein wieder nach Kenbourne Vale schicken oder sie begleiten würde.

»Natürlich hat sie mir davon erzählt. Aber ich war zu dumm, um es zu begreifen. Sie sagte, Sie wären gar nicht wegen ihres neuen Freundes gekommen, sondern es hätte etwas mit Grenville zu tun und mit der Brieftasche, die er verloren hatte, und dann wollte sie noch weiterreden, aber ich wollte weg, ich war schon spät dran, und diese ewigen Grenville-Geschichten hingen mir schon zum Halse raus. Am nächsten Tag hat sie's noch einmal versucht, aber ich sagte, sie sollte jetzt endlich von Grenville aufhören und mir lieber von ihrem neuen Freund erzählen. Seitdem hat sie den Namen Grenville nicht ein einziges Mal erwähnt.«

»Sie wußten schon vorher, daß die Brieftasche verlorengegangen war?«

»Ja, das hat sie mir in allen Einzelheiten erzählt. Lange vor der Geschichte mit dem Motel und dem neuen Freund und dem Privatdetektiv. Der arme Grenville hatte seine Brieftasche im Bus verloren und sie gebeten, die Polizei zu verständigen, aber sie hatte es nicht getan, weil sie der Meinung war, die würden doch nichts tun. Das war Tage vor dem Motelbesuch.«

Das hörte sich glaubhaft an. Es bestärkte ihn in der Überzeugung, Rose Farriner müsse Rhoda Comfrey sein. Er stellte – eigentlich mehr zu seinem Privatvergnügen – Malina Patel noch ein paar Fragen.

»Darf ich mich erkundigen, weshalb Sie mir jetzt doch die ganze Wahrheit gestanden haben?«

»Heute früh habe ich Ihr Foto in der Zeitung gesehen. Polly war schon weg. Jetzt tat es mir leid, daß ich nicht genauer zugehört hatte. Mir wurde schlagartig klar, wer Sie waren und daß es um die ermordete Frau ging und alles. Mir ist richtig schlecht geworden. Ich hab im Büro angerufen und gesagt, ich könnte nicht kommen, ich hätte eine Magenschleimhautentzündung – schon wieder eine Lüge! –, und Polly hab ich einen Zettel hingelegt, ich wäre meine kranke Mutter besuchen gegangen, und dann hab ich den nächsten Zug nach Kingsmarkham genommen. Inzwischen habe ich so viel zusammengeschwindelt, daß ich fast vergessen habe, wem ich was erzählt habe.«

»Alles ein Frage der Übung«, tröstete Wexford. »Man muß sich nach Möglichkeit immer an dieselbe Lüge halten.«

»Im Ernst?«

»Natürlich nicht im Ernst, Miss Patel. Ich rate Ihnen gut, in Zukunft der Polizei nichts mehr vorzuschwindeln. Meist merken wir das nämlich. Auch in diesem Fall hätten wir wahrscheinlich früher oder später die Wahrheit herausgefunden. Noch ein Tasse Kaffee?«

Sie schüttelte den Kopf. »Sie sind schrecklich nett zu mir.«

»Gefängnis gibt's erst beim nächsten Mal«, sagte Wexford. »Die Strafvollstreckung wird vorläufig ausgesetzt. Ich bringe Sie jetzt hinunter. Mal sehen, ob jemand Sie zum Bahnhof fahren kann. Es würde mich nicht wundern, wenn Constable Loring dieselbe Richtung hätte.«

Große, unschuldige Rehaugen begegneten seinem Blick. »Ich mache Ihnen furchtbar viel Umstände.«

»Halb so schlimm«, meinte Wexford munter. »Loring wird sein Schicksal gefaßt zu tragen wissen.«

Wieder einmal hatte er früh Feierabend. Ein freier Abend während einer Mordermittlung – das war sonst eine Seltenheit.

Der Fluß lag im goldenen Abendlicht, blaßblaue und getüpfelte Libellen spielten über dem Wasser, und die Weide ließ ihre Blätter in die träge Flut hängen.

»Warum geht nicht der Fluß durch deinen Garten?« fragte Robin. »Das wäre doch nett.«

»Dann müßte mein Garten mindestens einen Kilometer länger sein«, gab sein Großvater zu bedenken.

Die kleinen Jungen hatten, nachdem sich keine Wasserratten hatten blicken lassen, Socken und Sandalen ausgezogen und plantschten im seichten Wasser herum. Es war ein Glück, daß Wexford ziemlich widerstrebend ebenfalls Schuhe und Strümpfe ausgezogen und die Hosenbeine aufgekrempelt hatte und ihnen dabei Gesellschaft leistete. Denn Ben, der ein Stück Holz als Boot hin- und herschob, lehnte sich beim Spielen zu weit vor und fiel plötzlich kopfüber ins Wasser. Sein Großvater fischte ihn heraus, ehe er Zeit zum Brüllen hatte.

»Gut, daß es so warm ist. Da trocknest du schon ein bißchen, bis wir ins Haus kommen.«

»Opa tragen.«

Robin machte ein recht zufriedenes Gesicht. »Das gibt bestimmt einen gräßlichen Knatsch.«

»Nicht, wenn du allen erzählst, wie der tapfere Opa ins tiefe Wasser gesprungen ist und deinem Bruder das Leben gerettet hat.«

»Ach, komm, an dieser Stelle sind es doch bloß zehn Zentimeter. Er kriegt bestimmt 'ne Abreibung, und du auch. Du weißt doch, wie die Frauen sind.«

Aber es gab keinen Knatsch – weil bereits einer im Gange war. Wie er angefangen hatte, wußte Wexford nicht. Als er und die Jungen an die Terrassentür traten, hörten sie seine Frau mit einer für sie ganz ungewohnten scharfen Stimme sagen: »Ich persönlich finde, daß du deinem Schicksal auf den Knien danken kannst, Sylvia. Du hast einen guten Mann, ein schönes Heim, zwei wohlgeratene, gesunde Söhne, Ja, was willst du eigentlich noch vom Leben?«

Sylvia sprang auf; offenbar hatte sie ein ruppige Antwort auf den Lippen. Aber in diesem Augenblick sah sie ihren schlammbedeckten Sprößling, nahm ihn in die Arme und stürmte mit ihm nach oben. Robin sah ihr einen Augenblick stumm nach, dann ging er langsam hinterher, den Daumen im Mund. Merkwürdig, überlegte Wexford, ich habe gedacht, das Daumenlutschen hätte er sich schon vor Jahren abgewöhnt . . .

»Und du sagst, ich soll nicht streng mit ihr sein.«

Dora schaute ihn nicht an. »Es ist nicht gerade angenehm, wenn einem die eigene Tochter sagt, daß eine Frau ohne Beruf zur nutzlosen Belastung wird, sobald sie die Fünfzig überschritten hat und äußerlich kein Staat mir ihr zu machen ist. Daß ihr Mann dann nur aus Pflichtgefühl bei ihr bleibt und weil letzten Endes jemand für sie sorgen muß.«

Er war sehr erschrocken. Sie hatte sich abgewandt, weil in ihren Augen Tränen standen. Wann hatte er sie zum letzten Mal weinen sehen? Beim Tod ihres Vaters – und das war fünfzehn Jahre her.

»Wenn ich jetzt noch Junggeselle wäre«, sagte er so unsentimental wie möglich, »und wenn du ledig wärst – was ich mir zugegebenermaßen schwer vorstellen könnte –, würde ich dir einen Heiratsantrag machen.«

Sie lächelte ein wenig mühsam. »Gott, Mr. Wexford, Sie überrumpeln einen ja . . . geben Sie mir ein bißchen Bedenkzeit?«

»Nichts zu machen. Wir gehen jetzt aus und feiern unsere Verlobung. Auf der Stelle. Wir essen irgendwo nett, und dann gehen wir ins Kino. Sylvia brauchst du nichts davon zu sagen, wir schleichen uns einfach aus dem Haus.«

»Das geht doch nicht . . .«

»Und ob das geht!«

Sie aßen in der *Olive und Taube,* sie in einem alten Baumwollkleid, er in seinem Wasserratten-Dress. Und dann sahen sie sich einen Film an, in dem niemand ermordet wurde, niemand heiratete, niemand Kinder oder Enkel hatte. Er spielte in Paris und es wurde schrecklich viel getrunken und noch mehr geliebt. Es war halb zwölf, als sie heimkamen, und als Sylvia ihnen in der Diele entgegentrat, hatte Wexford das Gefühl, sie seien wieder ein jungverliebtes Paar und sie die besorgte Mutter, die gleich mißbilligend fragen würde: »Wo wart ihr und was fällt euch ein, jetzt erst heimzukommen.«

Statt dessen sagte sie: »Der Chief Constable hat angerufen, Dad.«

»Wann?«

»Gegen acht, und dann noch einmal gegen zehn.«

»Jetzt kann ich nicht mehr zurückrufen. Na, es hält sich bestimmt auch noch bis morgen früh.«

Charles Griswold, der nicht nur die Anfangsbuchstaben seines Namens mit dem verstorbenen General De Gaulle teilte, sondern ihm auch äußerlich ähnlich sah, wohnte in einem umgebauten Farmhaus in dem Dorf Millerton – Millerton-les-deux-églises, wie Wexford zu lästern pflegte. Wexford war dem Chief Constable nicht recht geheuer. In seinen Augen war er ein Exzentriker, und er mißtraute seinen Methoden.

»Ich habe gestern abend mehrmals versucht, Sie zu erreichen,« sagte er kühl, als Wexford sich am Samstag morgen um halb zehn auf der Hightrees Farm einstellte.

»Ich war mit meiner Frau aus, Sir.«

Nun verfocht Griswold nicht direkt das Zölibat für Polizeibeamte – er selbst hatte eine Frau, die irgendwo im Haus sein mußte, obgleich man sie in der Öffentlichkeit selten zu Gesicht bekam –, aber daß Polizeifrauen auch noch Anspruch darauf erhoben, ausgeführt zu werden und dadurch ihre Männer an der gewissenhaften Ausübung ihrer Pflichten hinderten, verdroß ihn. Er sagte nichts, aber seine hohe Stirn krauste sich mißbilligend.

»Ich habe Sie kommen lassen, um Ihnen zu sagen, daß der Haussuchungsbefehl genehmigt worden ist. Die Ausführung der Haussuchung liegt in den Händen der Kollegen in Kenbourne. Superintendent Rittifer hat sie für morgen früh angesetzt. Sie haben es nur seinem Entgegenkommen zu verdanken, daß Sie und einer Ihrer Mitarbeiter daran teilnehmen können.«

Dabei ist es mein Fall, dachte Wexford rebellisch. Laut sagte er nur, so höflich er konnte: »Warum nicht schon heute?«

»Weil meiner Meinung nach die Frau heute wieder auftauchen dürfte.«

»Das glaube ich nicht, Sir. Es ist Rhoda Comfrey.«

»Rittifer ist der gleichen Meinung. Allein auf Ihr Wort hin hätte ich den Antrag nicht unterstützt. Ich kenne Sie und Ihre berühmten Intuitionen.«

»Diesmal sind es keine Intuitionen, Sir. Eine Frau hat nach dem Foto Rhoda Comfrey einwandfrei als Rose Farriner identifiziert. Das Alter und die Zeit ihres Verschwindens stimmen. Nur wenige Monate, nachdem Rhoda Comfrey mit Symptomen einer Blinddarmentzündung beim Arzt war, hat sie über Blinddarmbeschwerden geklagt . . .«

»Schön, Reg.« Der Chief Constable entließ ihn mit einem jener Hiebe, für die er berühmt und berüchtigt war. »Erwarten Sie nicht, daß ich sage, Sie würden schon wissen, was Sie tun. Davon bin ich nämlich durchaus nicht überzeugt.«

12

Das Entgegenkommen von Superintendent Rittifer ging nicht so weit, daß er selbst in der Princevale Road erschien. Das konnte man ihm nicht verdenken, dachte Wexford. Anstelle des Superintendent hätte er sich wahrscheinlich auch nicht unbedingt den Sonntag nachmittag verderben lassen. Denn als er und Burden mit Baker und Sergeant Clements vor Nummer 6 eintrafen, war es schon zwei.

Heute, am Sonntag, hatten sie es riskiert, in Burdens Wagen zu kommen, der Verkehr war erträglich gewesen. Als der entscheidende Augenblick näherrückte, beschlichen Wexford doch wieder Zweifel. Genau das, was ihn zuerst auf Rose Farriners Spur gewiesen hatte, machte ihn jetzt unsicher. Warum sollte sie beim Arzt den Namen Rhoda Comfrey angeben, während alle anderen sie als Rose Farriner kannten – obendrein, da es sich um einen Arzt aus ihrer Gegend handelte? Dann waren da die Sachen, die Rhoda Comfrey getragen hatte. Seine eigene Frau hätte so etwas nicht einmal damals angezogen, als sie wirklich kein Geld gehabt hatten. Die Qualität war mit der Kleidung aus Rose Farriners Boutique nicht zu vergleichen.

Er stieg aus und sah zu dem Haus hinauf. Schon von außen erkannte man, daß die Vorhänge vor den Doppelfenstern in den frisch gestrichenen Rahmen ein kleines Vermögen gekostet hatten. Ein Lorbeerbaum stand in einem Kübel vor der Haustür. Würde eine Frau, die sich so etwas leisten konnte, eine Brieftasche stehlen oder auch nur unterschlagen? Warum nicht, wenn sie ein Doppelleben führte, wenn zwei Persönlichkeiten in diesem großen, knochigen Körper um die Vorherrschaft kämpften? Außerdem war die Brieftasche in einem Bus verschwunden, der durch Kenbourne Vale gefahen war.

Ehe Baker den Schlüssel, den Mrs. Farriner Dinehart gegeben hatte, ins Schloß stecken konnte, probierte Wexford die beiden Schlüssel an Rhoda Comfreys Schlüsselring aus; beide paßten nicht.

Die Luft im Haus war heiß und stickig. In der Diele »müffelte« es, wie Dora gesagt hätte, aber es roch nicht nach Mottenkugeln, Staub oder Schweiß, sondern nach Reinigungsmitteln, Bohnerwachs und Fichtennadelraumspray. Wexford öffnete die Tür zur Garage. Sie war leer. Saubere Handtücher hingen in dem gelbweiß gekachelten Durschraum, auf dem Waschbecken lag ein neues Stück Seife. Das zweite Zimmer im Untergeschoß hatte schwarzen Bodenbelag und Vorhänge mit schwarz-weißen geometrischen Mustern.

Sie gingen zunächst hinauf ins oberste Stockwerk, in dem sich drei Schlafzimmer und ein Badezimmer befanden. Ein Schlafzimmer war völlig leer, das daneben enthielt ein Einzelbett, einen Kleiderschrank und einen Ankleidetisch – alles äußerst sauber und fast steril. Die Papierkörbe waren leer, die Blumenvasen leer und trocken. Auch hier hingen saubere Handtücher im Badezimmer. In einer Hausapotheke fanden sich Aspirintabletten, Nasenspray, Heftpflaster, eine kleine Flasche Jod. Rhoda Comfrey, überlegte er, schien geradezu eine panische Angst davor gehabt zu haben, irgendwo den Stempel ihrer eigenen Persönlichkeit zu hinterlassen. Doch als er das nächste Zimmer betrat, wurde er eines besseren belehrt.

Es war ein großer, luxuriös eingerichteter Raum; unwillkürlich mußte er an das Gästezimmer in *Carlyle Villas* denken. Es war ein weiter Weg von dort bis hierher. Das Bett war oval, der Bettüberwurf aus einem beigefarbenen plüschigen Material, am Kopfende waren weiche Plüschkissen aufgehäuft. Sattbrauner Bodenbelag von Wand zu Wand, Spiegelwände, Panoramafenster, in Regalen auf Glasplatten französisches Parfüm, silberne Haarbürsten, ein Pomander.

Im Einbauschrank eine reiche Auswahl an Kleidern, Mänteln, Abendroben, die sich nicht nur von Rhoda Comfreys Sachen unterschieden wie ein Brillant von einem Ring in einem Knallbonbon, sondern auch von erheblich besserer Qualität waren als die Garderobe, die Mrs. Farriner in ihrer Boutique anbot.

Das Wohnzimmer im ersten Stock war L-förmig; im Winkel des L lag die Küche. Ein Kühlschrank, auf mittlere Temperatur eingestellt, enthielt zwei Pfund Butter, plastikverpacktes Gemüse und ein Dutzend Eier.

Im Wohnzimmer: cremefarbener Teppich, mokkafarbene Wände, abstrakte Gemälde, eine weinrote, lederne Sitzgruppe.

»Kein Wunder, daß sie uns gebeten hat, auf das Haus aufzupassen«, sagte Baker trocken.

Wexford deutete auf einen Teakschreibtisch mit vier Schubladen, auf dem ein weißes Telefon stand. »Das da interessiert mich.« Er stellte sich vor, wie Rhoda Comfrey ihre Tante von hier aus angerufen hatte, während ihr Gefährte von der Küche hereingekommen war, wo er vielleicht frisches Eis für die Drinks geholt hatte. Dr. Lomond hatte ihr gesagt, sie sollte Alkohol meiden. Doch im Sideboard standen beachtliche Vorräte, nicht nur der übliche Whisky und Gin, sondern auch ausgefallenere Spirituosen wie Bacardi, Pernod, Campari. Er öffnete das oberste Schreibtischfach.

Ein Schnellhefter mit der Aufschrift »Wagen« enthielt eine Versicherungspolice für den Citroën, Zulassung und Bedienungsanweisung, keinen Führerschein, ein weiterer Ordner mit der Aufschrift »Haus« ebenfalls eine Police und quittierte Rechnungen für Reparaturen und Instandhaltungen. Der Hefter »Finanzen« enthielt das Einzahlungsbuch einer Filiale der Barclay's Bank.

»Und dabei hatte sie weder Scheckbuch noch Kreditkarte bei sich«, sagte Wexford nachdenklich vor sich hin.

In der zweiten Schublade lag gedrucktes Briefpapier, darunter ein persönliches Telefonverzeichnis. Wexford suchte unter C für Comfrey, V für Vater, D für Dad, K für Krankenhaus, S für Stowerton, dann wieder C für Crown. Nichts . . .

»Da ist noch mehr«, sagte Burden mit merkwürdig gepreßter Stimme. Er hatte die Schublade eines niedrigen Tischchens herausgezogen, das unter dem Fenster stand. Wexford trat zu ihm. Draußen auf der Straße schlug eine Wagentür zu.

»Hier, schau dir das mal an.« Burden hielt ihm ein Schriftstück hin. Aber ehe Wexford danach greifen konnte, hörte man, wie sich unten die Haustür öffnete.

»Erwarten Sie noch Verstärkung, Michael?« fragte Wexford den Londoner Kollegen.

Baker antwortete nicht, sondern ging mit seinem Sergeant zur Treppe. Sie bewegten sich wie Einbrecher, die auf frischer Tat ertappt worden sind. »Einbrecher«, stieß auch die Frau hervor, die jetzt die Treppe heraufhastete. »Da haben wir die Bescherung! Jetzt ist doch bei mir eingebrochen worden . . .«

Sie sah sich um, registrierte die offenstehenden Schubladen, die verschobenen Möbel. »Mrs. Cohen empfing mich mit der Nachricht, die Polizei sei im Haus. Ich konnte es kaum fassen, – ausgerechnet heute!« Ein Mann tauchte hinter ihr auf. »Sieh dir das an, Bernard. So sagen Sie doch schon, was passiert ist!«

»Gar nichts ist passiert«, stammelte der unglückliche Baker. »Es ist alles in Ordnung, bitte regen Sie sich nicht auf. Ein peinlicher Irrtum, wir müssen uns bei Ihnen entschuldigen, Mrs. Farriner.«

Rose Farriner war ein große, schlanke Frau, die aussah wie vierzig, durchaus aber auch älter sein konnte. Sorgfältiges Make-up, teure Jeans und Weste über einer rotseidenen Hemdbluse. Ihr offensichtlich um einiges jüngerer Begleiter war blond und untersetzt, er hatte ein frisches, sportliches Gesicht.

»Was wollen Sie denn mit meiner Geburtsurkunde?« fragte sie Burden.

Verlegen gab er das Schriftstück sowie eine Scheidungsurkunde zurück.

»Sie sind Mrs. Rose Farriner?« fragte Wexford.

»Ja, natürlich, wer sonst?«

Er stellte sich vor und erklärte ihr, weshalb sie hier waren.

»Blühender Unfug«, sagte Bernard. »Wenn du dich beschweren willst, Rosie, kannst du auf mich zählen. So eine Unverschämtheit ist mir in meinem ganzen Leben noch nicht vorgekommen.«

Mrs. Farriner setzte sich, betrachtete das Foto von Rhoda Comfrey und las den Zeitungsartikel, den Wexford ihr gegeben hatte.

»Jetzt brauche ich dringend was zu trinken, Bernard. Einen Whisky bitte. Ich denke, Sie sind auf Einbrecherjagd – und dabei haben Sie sich eingebildet, ich sei diese Rhoda Comfrey. Ich bin einundvierzig, Mr. Wexford, und nicht fünfzig, mein Vater ist seit neun Jahren tot, und ich bin in meinem ganzen Leben noch nicht in Kingsmarkham gewesen. Danke, Bernard, das tut gut. So, jetzt fühle ich mich schon besser. Es war ein richtiger Schock. Eine Woche später hätte ich Ihnen meine zweite Heiratsurkunde zeigen können.« Der blonde Mann legte ihr eine Hand auf die Schulter und warf Wexford einen bösen Blick zu.

»Es tut mir aufrichtig leid, Mrs. Farriner . . .«

»Das sagt sich jetzt so leicht«, wandte Bernard ein. »Aber Sie dringen hier ein, schnüffeln in ihren Privatpapieren herum, alles nur, weil –«

Aber Mrs. Farriner hatte angefangen zu lachen. »Gott, im Grunde ist es wahnsinnig komisch. Ich und ein Doppelleben . . . Und dieses Foto! Möchten Sie mal sehen, wie ich mit dreißig ausgesehen habe? Es wundert mich, daß Sie das Bild nicht gefunden haben, es liegt in einer der Schubladen.« Ein hübsches Mädchen mit dunkelbraunen Locken, ein lächelndes Gesicht, das auch jetzt, nach zehn Jahren, kaum gealtert schien. »Dabei ist es eigentlich eine traurige Geschichte. Das arme Ding. Aber mich mit einer alten Jungfer zu verwechseln, die auf einem Feldweg umgebracht worden ist . . .«

»Du trägst es wirklich mit Fassung, Rosie.«

Mrs. Farriner sah Wexford an und wurde ernst. Nicht besonders feinfühlig, dachte er, aber trotzdem nett. »Sie brauchen sich keine Sorgen zu machen, ich werde mich nicht beschweren«, sagte sie. »Nachdem ich den ersten Schock überwunden habe, sehe ich eigentlich mehr das Positive. Die Geschichte ist so gut, daß ich sie noch oft bei Einladungen werde erzählen können, sie wird bestimmt ein durchschlagender Erfolg. So, und jetzt mache ich uns erst mal allen eine Tasse Kaffee.«

Wexford hatte den Schock noch nicht überwunden. Baker hatte sich erboten, Burden und ihn zur Victoria Station zu fahren, aber er hatte abgelehnt. Langsam gingen sie über die Princevale Road vor zur Hauptstraße. Obgleich die Anwohner wußten, was sich gehörte, hatten sich eine ganze Reihe von Mrs. Farriners Nachbarn eingefunden, um sich ihren Abzug anzusehen, während sie so taten, als schnitten sie ihre Hecken oder spielten mit ihren Kindern. Die »Razzia« war zum Höhepunkt ihres Wochenendes geworden.

»Es wird einen gräßlichen Knatsch geben«, sagte Burden, wie Robin vor zwei Tagen.

»Höchstwahrscheinlich. Ich hätte auf dich hören sollen.«

»Viel habe ich ja nicht gesagt. Ich hatte nur die ganze Zeit so ein komisches Gefühl, und du weißt ja, daß ich Gefühlen mißtraue.«

Wexford schwieg. Sie waren zur Ecke Montfort Hill gekommen. »Was war das für ein Gefühl?« fragte er schließlich. »Jetzt kannst du es mir ja sagen.«

»Nehmen wir an, Rhoda Comfrey ist auf dem Weg zu Dr. Lomond, dessen Namen sie sich aus dem Telefonbuch herausgesucht hat. Sie weiß nicht genau, wo die Midsomer Road ist, deshalb nimmt sie nicht den Bus, sondern geht von der U-Bahn-Station Parish Oak zu Fuß. Aus irgendeinem Grund möchte sie Dr. Lomond ihre richtige Adresse nicht angeben, sie muß also eine erfinden, und zwar eine, die im Einzugsbereich seiner Praxis liegt. Als sie an den Läden vorbeikommt und zu dem Tabakladen hochblickt, was sieht sie da?«

Wexford hob den Blick. »Ein Schild, das *Wall's Eiskrem* anpreist. Eine Reklametafel für Zigaretten, *Player's Number Six.* Und darüber das Straßenschild ›Princevale Road.‹«

Burden nickte bedrückt. »Genau das war's.«

»Ich glaube, du hast recht, Mike. Solche instinktiven Reaktionen gibt es. Dr. Lomonds Sprechstundenhilfe fragt sie nach ihrer Adresse, und sie antwortet ganz unwillkürlich: Princevale Road 6. Warum hast du mir das nicht schon letzte Woche gesagt?«

»Hättest du es mir damals schon abgenommen?«

Wexford war ein ehrlicher Mann. »Vielleicht – aber ich hätte trotzdem gern das Haus betreten.«

Burden zuckte die Schultern. »Tja, jetzt müssen wir eben noch einmal von vorn anfangen.«

13

Es hatte keinen Sinn, die Sache aufzuschieben. Wexford fuhr gleich zur Hightrees Farm hinaus. Griswold hörte sich seinen Bericht mit unheilverkündendem Gesicht an. Zwischendurch goß er sich einen Brandy mit Soda ein, ließ aber seinen Gesprächspartner trocken sitzen.

Als Wexford fertig war, fragte er: »Lesen Sie Zeitung?«

»Natürlich, Sir.«

»Ist Ihnen aufgefallen, daß die Bedrohung der Grundrechte der Bevölkerung inzwischen zu einem der Lieblingsthemen unserer Presse geworden ist? Und wer kommt bei den Attacken immer am schlechtesten weg? Die Polizei. Mit dieser Panne haben Sie den Herren Redakteuren neue Munition geliefert. Morgen geht das Kesseltreiben los, passen Sie nur auf.«

»Ich glaube nicht, daß Mrs. Farriner den Fall an die Presse geben wird, Sir.«

»Aber ihren Freunden wird sie die Geschichte erzählen, und irgendein Wichtigtuer wird den Mund nicht halten können. Soll ich seelenruhig zusehen, wie ein Narr, der sich mehr auf psychologischen Firlefanz als auf konkrete Beweise verläßt, den Ruf unserer Polizei ruiniert?«

Wexford zuckte. Es ist nicht angenehm, sich einen Narren heißen zu lassen.

»Die Frau ist seit zwei Wochen tot, Reg. Wenn man sich Ihre Berichte ansieht, könnte man denken, sie wäre geradewegs vom Mars gekommen. Sie wissen, daß ich nur im äußersten Notfall Scotland Yard einschalte. Aber wenn mir bis Ende der Woche meine eigenen Leute keine Ergebnisse geliefert haben, wird mir nichts anderes übrigbleiben. Das einzige greifbare Resultat Ihrer Arbeit war bisher, daß wir Ihr Bild in der Zeitung bewundern konnten – man könnte denken, Sie wären ein gottverdammter Filmstar.«

Sylvia saß im Eßzimmertisch, der mit Bewerbungsbogen für Stellungen und Antragsformularen für Hochschulen bedeckt war.

»Du hast dir die falsche Jahreszeit ausgesucht«, meinte ihr Vater, der ein Formblatt für die Londoner Universität in der Hand hielt. »Das neue Semester fängt schon nächsten Monat an.«

»Ich hatte mir gedacht, daß ich mir für den Rest des Jahres eine Stellung suche und dann nächstes Jahr mit dem Studium anfange. Ich muß mich ja auch um ein Stipendium bemühen.«

»Da brauchst du dir gar keine Hoffnungen zu machen, Kind. Man wird bei der Berechnung Neils Gehalt zugrunde legen, er ist ja schließlich dein Mann.«

»Vielleicht dann nicht mehr. Ach, ich hab es so satt, daß ihr Männer die Welt beherrscht. Es ist nicht fair, davon auszugehen, daß mein Mann für mich zahlt, als wäre ich ein unmündiges Kind.«

»Ist es fairer, davon auszugehen, daß der Steuerzahler für die Zeche aufkommt? Ich weiß, daß es dich nicht interessiert, was deine Mutter oder ich in dieser Sache denken. Ich will dir trotzdem meine Meinung sagen. Solange sich in unserer Welt noch nichts Grundlegendes geändert hat, müssen die Frauen nach wie vor den Beweis dafür antreten, daß sie genauso tüchtig sind wie Männer. Also los, beweise es! Mach ein Fernstudium in einem Fach, in dem du hinterher Aussichten auf eine gute Stellung hast. Bis zu deinem Abschluß sind vier, fünf Jahre vergangen, inzwischen sind die Jungen mehr oder weniger selbstständig. Wenn du dann fünfunddreißig bist, seid ihr beide, Neil und du, selbständige Partner mit Vollzeitjobs und könnt euch in die Kosten für eine Haushaltshilfe teilen. Niemand wird dich dann mehr wie eine Sklavin oder ein Putzfrau behandeln.«

Sie zog ein mürrisches Gesicht. Sehr langsam begann sie auf einem Formular die Spalte »Qualifikationen« auszufüllen. Es wurde eine jämmerlich kurze Liste, stellte Wexford bedrückt fest. Sie machte einen dicken Strich durch »Mr./Mrs./Miss« und schrieb *Ms.* darüber. Dann hob sie den Kopf. Das üppige Haar wehte.

»Ich bin froh, daß ich Söhne habe. Meine Töchter täten mir leid. Hast du dir keinen Sohn gewünscht?«

»Vielleicht – ehe Sheila geboren wurde. Aber danach nie mehr.«

»Hast du nie darüber nachgedacht, was wir leiden würden? Du bist ein bewußter, sensibler Mensch, Dad. Hast du dir nie überlegt, wie wir von den Männern ausgebeutet und gedemütigt werden würden?«

Das war zu viel. Da saß sie, groß, kräftig, strotzend vor Gesundheit, einen blitzenden Brillantring am Finger, einen leisen Duft von St. Laurents *Rive Gauche* verströmend. Ihre Schwester, die von Kritikern als eine von Englands vielversprechendsten jungen Schauspielerinnen bezeichnet worden war, besaß eine große Wohnung in St. John's Wood, wo sie mit der größten Gemütsruhe alle Männer ausbeutete, die dort aus und ein gingen.

»Ich konnte dich ja schließlich nicht zurückschicken oder eintauschen«, fuhr er gereizt auf. »Ich kann Freud verstehen, wenn er sagte, daß es eine Frage gäbe, die ihm immer zu schaffen machen würde: Was wollen eigentlich die Frauen?«

»Sie wollen vollwertige Menschen sein.«

Er schnaufte verächtlich und ging hinaus. Die Crockers und ein paar Nachbarn waren auf einen Drink herübergekommen. Der Doktor ging mit Wexford nach oben und holte seinen Blutdruckmesser heraus.

»Du siehst miserabel aus, Reg. Was ist los mit dir?«

»Die Frage müßtest eigentlich du mir beantworten. Wie geht's meinem Blutdruck?«

»Nicht schlecht. Liegt dir die Sache mit Sylvia auf der Seele?«

Wexford ließ sich nur ungern auf Erklärungen darüber ein, weshalb seine Tochter und die Kinder im Haus waren. Um andere Menschen zu verstehen, braucht es eine Portion Phantasie und Einfühlungsvermögen, und darum ist es bei den meisten Menschen nicht gut bestellt. Wexfords Bekannte machten da keine Ausnahme. Für sie gab es nur zwei Möglichkeiten: daß einer der beiden Eheleute einen Seitensprung gemacht hatte oder daß Neil grausam gewesen war. Und weil er nicht allen alles bis in alle Einzelheiten erklären konnte oder mochte, mußte er eben die neugierigen Blicke und ihr Mitleid ertragen.

»Das ist das eine«, räumte er ein. »Das andere ist dieser Fall Comfrey. Ich träume von ihr, Len. Sie läßt mich nicht mehr los. Und ich habe mir eine peinliche Panne geleistet. Griswold hat mir heute nachmittag ganz schön die Leviten gelesen.«

»Wir machen alle mal einen Fehler«, sagte Crocker großzügig.

»Es stand so etwas wie Spott in ihren Augen, als wir sie fanden. Ich weiß nicht, ob es dir aufgefallen ist. Ich hatte das Gefühl, daß sie mich auslachte. Hysterisch, was? Ja, das findet Mike auch . . .«

Aber Mike Burden hütete sich, diese Ansicht noch einmal zu äußern. Er wußte, wann man den Chicf Inspector vorsichtig behandeln mußte. Als die Zeitungen weder am Montag noch am Dienstag etwas über das Farriner-Fiasko brachten, wurde Wexfords Stimmung wieder etwas besser.

»Es war nicht alles umsonst«, meinte er. »Eins haben wir aus der Sache gelernt: Die Nachbarn von Rhoda Comfrey oder wie immer sie sich genannt haben mag, haben ihr Verschwinden wegen der allgemeinen Urlaubszeit vielleicht bisher noch gar nicht bemerkt. Wir müssen uns also noch eine Weile in Geduld fassen und hoffen, daß sich jemand meldet.«

»Jetzt noch?«

»Ja, jetzt noch. Oder vielmehr: gerade jetzt. Wie lange gehen die meisten Leute auf Urlaub?«

»Vierzehn Tage«, antwortete Burden promt.

Wexford nickte. »Die Freunde und Nachbarn, die sie unter einem anderen Namen kannten, erwarteten sie also frühestens am Samstag zurück. Was tun sie, wenn sie sich am Montag oder Dienstag nicht am Telefon meldet oder nicht zur Arbeit erscheint?«

»Da ist was dran.«

»Jedem Zeitungsleser ist doch inzwischen klar, daß wir noch immer nicht wissen, unter welchem Namen sie in London gelebt hat. Wäre es nicht schön, wenn in diesem Augenblick ein pflichtbewußter Bürger irgendwo im Norden oder Westen von London auf einem Polizeirevier erscheinen würde, weil seine Arbeitgeberin oder Nachbarin nicht aus Mallorca zurückgekommen ist?«

Burden nahm Wexfords Ausflüge in die Welt der Phantasie immer wörtlich. »Da kann sie gar nicht sein, sie hatte keinen Paß.«

»Woher willst du das wissen? Erzähl mir nicht, daß eine Frau, die uns jetzt seit geschlagenen vierzehn Tagen hinters Licht führt, sich nicht ein Dutzend falsche Pässe hätte beschaffen können, wenn sie wollte.«

»Nach Mallorca ist sie jedenfalls nicht geflogen, sie kam hierher und hat sich umbringen lassen.« Burden ging zum Fenster und sagte überrascht: »Da oben ist eine Wolke.«

»Nicht größer als eines Mannes Hand, wie?«

»Doch, bedeutend größer«, meinte Burden, der dieses Zitat aus dem Buch der Könige nicht erkannt hatte. Und er sagte so hoffnungsvoll und erstaunt, wie Engländer diese Worte selten äußern: »Es wird regnen.«

Es wurde sehr dunkel, und sie mußten Licht machen. Dann zackte ein Blitz über den schwarzen Himmel, der Donner folgte, und Burden schloß das Fenster.

Endlich kam der Regen, zögernd zuerst, in großen, schweren Tropfen. Wexford mußte daran denken, daß Sylvia als Kind geglaubt hatte, der Regen hinge in einer Plastiktüte am Himmel, in die jemand erst Löcher piekte, ehe er sie ganz aufriß. Er setzte sich an seinen Schreibtisch und rief in der Zentrale für Vermißtenmeldungen an. Aber dort hatte man auch nichts für ihn. Keine Beschreibungen traf auch nur im entferntesten auf Rhoda Comfrey zu.

Bis um sechs hatte niemand wegen Rhoda Comfrey angerufen, aber Wexford wartete noch, obgleich er den Anruf nicht hätte persönlich engegenzunehmen brauchen. Er wartete bis sieben, bis halb acht. Inzwischen war das Gewitter abgezogen, der Regen fiel dicht und stetig. Um viertel vor acht fuhr er durch die graue Nässe nach Hause.

14

Es war wie ein Winterabend. Seit Ende Juli – sie schrieben den 23. August – hatten sie die Terrassentür nur nachts geschlossen. Heute war sie fest zu, die Samtvorhänge waren vorgezogen.

»Ich habe mir überlegt, ob ich Feuer machen sollte«, sagte Dora, die den elektrischen Heizofen angeschaltet hatte.

»Du hast auch so schon genug Arbeit.« Als Kinderfrau, dachte

Wexford. Als Köchin für fünf statt für drei Personen. »Wo ist eigentlich Sylvia?«

»Bei Neil. Sie hat etwas von einem Ultimatum gesagt.«

Wexford machte eine ungeduldige Handbewegung und fing an, im Zimmer auf und ab zu gehen. Nach einer Weile setzte er sich wieder hin; er wußte, wie aufreizend ständiges Hin- und Hermarschieren auf den Partner wirken kann.

»Was ist los, Liebling?« fragte Dora. »Es ist schlimm, dich so zu sehen.«

Er zuckte die Schultern. »Ich brauche entschieden mehr Gleichmut. Über Ignatius von Loyola wird erzählt, jemand habe ihn gefragt, was er tun würde, wenn der Papst entscheiden sollte, am nächsten Morgen die Societas Jesu aufzulösen. ›Zehn Minuten im Gebet‹, sagte er, ›und es würde mich nicht mehr berühren.‹ So möchte ich auch sein.«

Sie lächelte. »Du weißt, wenn du dich aussprechen möchtest . . .«

»Es würde nichts nützen. Den Fall Comfrey habe ich mit meinen Mitarbeitern bis zur Erschöpfung durchgesprochen. Und zum Fall Sylvia gibt es, glaube ich, auch nichts mehr zu sagen. Wahrscheinlich wird es zu einer Scheidung kommen, und sie wird mit den Jungen zu uns ziehen. Neulich habe ich gelesen, daß heutzutage von drei Ehen eine scheitert. Es ist nichts Außergewöhnliches, ich weiß. Nur kann ich nicht behaupten, daß ich geradezu begeistert darüber bin.«

Das Telefon läutete, und Dora erhob sich seufzend.

»Nein, laß nur.« Wexford stürzte an den Apparat. Es war Doras Schwester, die, wie meist, einmal in der Woche aus Wales anrief. Ja, sie hatten auch ein Gewitter gehabt, antwortete er, ja, es regnete noch – dann reichte er Dora enttäuscht den Hörer. Vor zwei Wochen hatte ihn der Anruf erreicht, der ihn zu Rhoda Comfreys Leiche gerufen hatte. Damals war er selbstsicher, voller Hoffnungen gewesen, hatte einen klaren, komplikationslosen Fall erwartet.

Das hagere Gesicht der Toten verfolgte ihn. Sie war eine unscheinbare Fünfzigerin, geschmacklos angezogen und mit schlechter Figur, aber jemand hatte sie aus Leidenschaft und Rache getötet. Ein Mann, der sie liebte, hatte geglaubt, sie sei hergekommen, um sich mit einem anderen Mann zu treffen. Es war unvorstellbar, aber es mußte so sein. Ein Messerstich ist unter diesen Umständen immer ein Verbrechen aus Leidenschaft, der Höhepunkt eines Ausbruchs plötzlicher Eifersucht oder Verzweiflung. Wer so mordet, tötet nicht aus Berechnung.

»In Pembroke hatten sie das Gewitter schon heute vormittag«, sagte Dora, die gerade aufgelegt hatte.

»Ist ja sensationell«, knurrte Wexford und fügte hastig hinzu: »Entschuldige, ich wollte nicht eklig sein. Gibt's was im Fernsehen?«

Sie sah in die Zeitung. »Ich kenne ja inzwischen deinen Geschmack. Wenn ich dir aus diesem Programm etwas vorschlagen würde, würdest du mir die nächstbeste Vase an den Kopf werfen. Wie wär's denn mal mit einem Buch?«

»Was hast du denn?«

»Bücher, die Sylvia und ich aus der Bibliothek geholt haben. Sie liegen alle neben deinem Sessel.«

Er stapelte sie auf seinem Schoß auf. Es war kein Kunststück, die von Sylvia ausgeliehenen Bücher herauszufinden. Außer »Die Frau und die sexistische Verschwörung« waren es Simone de Beauvoirs »Das Zweite Geschlecht« und Mary Wollstonecrafts »Verteidigung der Rechte der Frau«. Dora hatte sich einen Krimi, eine Biographie der Marie Antoinette und Grenville Wests *Apes in Hell* geholt, was er am liebsten sofort wieder aus der Hand gelegt hätte, weil es ihn schmerzlich an seinen ersten Fehler in diesem Fall erinnerte. Aber das war so die Einstellung, die Mike Burden »hysterisch« zu nennen beliebte.

»Wie ist es denn?« fragte er, auf Wests Buch deutend.

»Nicht schlecht«, meinte Dora. »Auf jeden Fall gut recherchiert. Nur der Titel ist blöd, er hat überhaupt nichts mit der Geschichte zu tun.«

»Wahrscheinlich bezieht er sich auf eine Vorstellung der Elisabethaner, daß unvereiratete Frauen dazu verdammt waren, in der Hölle Affen spazierenzuführen.«

»Was es alles gibt . . . Lies es doch mal. Es ist nach dem Stück ›The Maid's Tragedy‹ geschrieben.«

Aber nach einem Blick auf das Bild des pfeiferauchenden Autors griff Wexford nach Marie Antoinette. In der nächsten Stunde versuchte er, sich auf Kindheit und Jugend der unglücklichen Königin von Frankreich zu konzentrieren; aber die dort beschriebenen Geschehnisse waren ihm zu wirklich. Sie hatten stattgefunden, waren Geschichte. Was er heute brauchte, war die totale Flucht aus der Wirklichkeit. Auch ein Krimi konnte ihm das nicht bieten. Als Dora das Tablett mit dem Kaffeegeschirr hereinbrachte, hatte er doch wieder *Apes in Hell* in der Hand.

Grenville Wests Biographie war für ihn nicht mehr von Interesse, aber er gehörte zu den Lesern, die sich, ehe sie einen Roman anfangen, gern die kurze Zusammenfassung zu Gemüte führen, die der Verlag ihnen auf dem Schutzumschlag oder manchmal auf den ersten Seiten bietet. In diesem Falle war der Waschzettel auf der Umschlagseite durch den Bibliothekszettel unleserlich geworden. Er schlug die erste Seite auf.

Offenbar war es Wests dritter Roman nach *Her Grace of Amalfi,* und *Arden's Wife.* Die Zusammenfassung belehrte ihn darüber, daß dem Buch das Drama *The Maid's Tragedy* von Beaumont and Fletcher zugrundelag, das im klassischen Rhodos spielte. West hatte den Schauplatz ins mittelalterliche England verlegt und die griechischen Könige und Prinzen in Adlige des 17. Jahrhunderts verwandelt. Keine schlechte Idee, dachte Wexford. Mal sehen, wie es sich anläßt. Er blätterte um – und schnappte nach Luft.

»Was ist denn?« fragte Dora erschrocken.

Er antwortete nicht, sondern starrte auf die kursiv gedruckte Widmung, die allein auf dem weißen Blatt stand:

»Für Rhoda Comfrey, ohne die dieses Buch nie hätte geschrieben werden können.«

15

»Dieser West hat uns schon einmal in die Irre geführt«, gab Burden zu bedenken.

»Hat er eben nicht! Wenn das kein Beweis dafür ist, daß er sie gekannt hat, will ich Meier heißen. Er kannte sie seit Jahren, Mike; das Buch ist vor zehn Jahren erschienen.«

Es war ein kühler, frischer Tag. Der Regen hatte Dächer und Gehsteige saubergewaschen und einen leichten Dunst zurückgelassen. Das Thermometer an Wexfords Wand zeigte menschenfreundliche 18 Grad. Burden hatte *Apes in Hell* in der Hand und blätterte mit gekrauster Stirn darin herum.

»Ausgesprochener Quatsch«, urteilte er, nachdem er die Inhaltsangabe gelesen hatte. »Ja, vor zehn Jahren. Warum hat Hampton dir nicht gesagt, daß West dieser Frau ein Buch gewidmet hat?«

»Vielleicht hatte er es vergessen, oder er wußte es gar nicht. Ich kenne mich im Verlagswesen nicht aus, Mike. Hampton mag Wests Lektor sein, aber vielleicht bekommt er Widmungen nie zu Gesicht. Ich glaube nicht, daß er mir die Freundschaft zwischen West und Rhoda Comfrey absichtlich verschwiegen hat. Das gilt auch für seine Agentin und für Vivian und Polly Flinders. Sie haben einfach nichts von der Widmung gewußt.«

»Die Sache mit der Brieftasche ist aber nach wie vor komisch«, sagte Burden nach einer Pause. »Er muß sie ihr geschenkt haben. Etwas anderes ist gar nicht möglich.«

»Du meinst, daß er sie verloren hat und daß zufällig eine Bekannte von ihm sie gefunden und behalten, das heißt bewußt unterschlagen hat? Ja, da gebe ich dir recht, das halte ich auch für ausgeschlossen. Aber es gibt noch eine andere Möglichkeit: Daß er die Brieftasche in ihrem Haus oder ihrer Wohnung vergessen hat und sie von ihr in Verwahrung genommen wurde, da sie wußte, daß er erst in einem Monat wiederkommen würde.«

»Und daß sie das Ding inzwischen seelenruhig benutzt hat? Von dieser Idee halte ich nicht viel. Außerdem haben die beiden Mädchen Ihnen erzählt, daß er sie verloren hat und daß er Polly bat, den Verlust bei der Polizei zu melden.«

»Demnach hätten die beiden gelogen . . . Warum eigentlich?«

Burden antwortete nicht. »Du wirst ihn jetzt wahrscheinlich zurückholen lassen.«

»Zumindest versuchen werde ich es. Mit Commissaire Laquin in Marseille bin ich schon in Verbindung. Ich habe schon einmal mit ihm zusammengearbeitet, er ist ein netter Kerl.«

»Na, die Unterhaltung hätte ich hören mögen!«

»Er spricht ausgezeichnet Englisch«, gab Wexford ziemlich ablehnend zurück. »Wenn West sich tatsächlich in Südfrankreich aufhält, findet er ihn dort. Es sollte nicht allzu schwierig sein, selbst wenn er von einem Hotel zum andren zieht. Er muß ja überall seinen Paß vorlegen.«

Burden rieb sich das Kinn und sah Wexford von der Seite an. »Schade, daß wir nicht in Wests Wohnung können.«

»Bist du verrückt? Damit würde ich dann doch noch dem Bild entsprechen, das sich Malina Patel von Privatdetektiven macht. Ich kann mir so richtig vorstellen, wie West hereinspaziert, während wir gerade im schönsten Wühlen sind.«

»Schon gut. Du willst also diesen Laquin veranlassen, West heimzuschicken. Und wenn er sich weigert? Er findet es vielleicht nicht so lustig, seinen Urlaub abbrechen zu müssen, nur weil er eine Frau kannte, die umgebracht worden ist.« »Laquin wird ihn bitten, ihn auf ein Polizeirevier zu begleiten, und dann wird er mich anrufen, damit ich mit West sprechen kann. Das ist ein Anfang. Wenn West mir Rhoda Comfreys Adresse geben kann, braucht er vielleicht gar nicht zurückzukommen. Wir werden sehen. Zwingen können wir ihn nicht, Mike.

Soweit wir wissen, hat er keine strafbare Handlung begangen, und es ist durchaus möglich, daß er seit seiner Abreise keine englische Zeitung mehr gesehen hat. Wenn er es wirklich so sehr mit den Franzosen hat, halte ich das sogar für sehr wahrscheinlich.«

Burden schien an diesem Vormittag zu Gedankensprüngen zu neigen. »Warum hätte das Buch nicht ohne sie geschrieben werden können?«

»Sie hat ihm wahrscheinlich irgendwie geholfen, hat für ihn recherchiert oder so. Jedenfalls zeitig die Widmung, daß West nicht darauf aus war, diese Freundschaft geheimzuhalten.«

»Hoffen wir das beste. Du wirst also in den nächsten Tagen am Telefon kleben, was?«

»Nein, diese dankbare Aufgabe wirst du übernehmen. Ich habe anderes vor.«

Sein Gespräch mit den beiden jungen Damen in Kenbourne Vale würde er bis auf den Abend verschieben müssen, sie waren tagsüber nicht greifbar. Aber vielleicht lohnte sich ein zweiter Besuch bei Silk and Whitebeam in der Jermyn Street, um Näheres über den Kauf der Brieftasche zu erfahren. Allerdings – würde sich nicht alles klären, wenn West gefunden war? Wexford hatte das unbehagliche Gefühl – gut, daß der Chief Constable nichts von diesen Gedanken ahnte! –, daß sich West nicht so ohne weiteres würde finden lassen.

Er schickte Loring zum zweiten Mal in das Lederwarengeschäft und ließ Bryant sämtliche Londoner Bibliotheken abklappern, um festzustellen, ob eine Mitarbeiterin nach dem Urlaub ihren Dienst nicht wie geplant wieder aufgenommen hatte. Er selbst fuhr in die Forest Road.

Mrs. Parker Junior, ein Baby auf dem Schoß und Mrs. Parker Senior, einen Kartoffelschäler in der Hand, sahen fasziniert auf Wests Roman *Apes in Hell.*

»Ein Freund von Miss Comfrey?« vergewisserte sich Stella Parker ziemlich entgeistert. »Na so was aber auch . . .«

Ihre Großmutter war nicht so leicht aus der Fassung zu bringen. »Rhoda hat gewußt, wo's langgeht. Es tät mich nicht wundern, wenn die unseren Premier gekannt hätte.«

»Wissen Sie denn, ob sie tatsächlich eine Bekannte von Grenville West war?«

»Reden Sie doch lauter.«

»Er will wissen«, dolmetschte Stella Parker, »ob sie ihn deiner Meinung nach wirklich gekannt hat.«

»Woher soll ich das wissen? Ich kenn nur eine West, die Lilian.«

Wexford beugte sich vor. »Mrs. Crown?«

»Ganz recht. Ihr erster Mann hieß West. Als sie herkam und zu Agnes zog, war sie eine Mrs. West. Und der arme kleine John ist natürlich auch ein West. Hab ich Ihnen das nicht alles neulich schon erzählt, junger Mann?«

»Nach Namen hatte ich Sie nicht gefragt«, meinte Wexford zerknirscht.

West ist kein seltener Name, dachte er, als er im Wagen auf Lilian Crown wartete, die wieder mal im Pub saß. Aber wenn sich herausstellen sollte, daß Grenville West irgendwelche verwandtschaftlichen Beziehungen zu Rhoda Comfrey hatte, war eine Bekanntschaft zwischen ihnen um so naheliegender.

Lilian Crown erschien endlich am Arm eines älteren Mannes, den sie Wexford nicht vorstellte. Sie waren beide nicht so betrunken, daß sie geschwankt oder gelallt hätten, aber sie trugen beachtliche Fahnen vor sich her. Lilian Crown roch nach Gin, der Mann nach Bier.

Mrs. Crown versuchte ihren Ritter zum Hereinkommen zu bewegen, aber als er hörte, daß Wexford von der Polizei war, machte er sich schleunigst davon. Verärgert betrat sie das Haus. Als Wexford ihr folgte, saß sie schon auf dem schmutzigen Sofa und riß eine Zigarettenpackung auf.

»Was wollen Sie jetzt schon wieder?«

»Sie hießen vor ihrer zweiten Heirat West, nicht wahr?«

»Ganz recht. Ron – das heißt Mr. West – ist in Dünkirchen geblieben. Was hat das mit Rhoda zu tun?«

»Das sage ich Ihnen gleich. Mr. West hatte vermutlich Familie?«

»Natürlich; Sie denken wohl, der Esel hätt ihn im Galopp verloren, was? Zwei Brüder und eine Schwester hatte er.«

»Mrs. Crown, ich habe meine Gründe, mich für alle Personen mit dem Namen West zu interessieren, die irgendwie in Beziehung zu Ihrer verstorbenen Nichte gestanden haben könnten. Hatten die Geschwister Ihres Mannes Kinder? Wissen Sie, wo sie sich jetzt aufhalten?«

»Ethel, die Schwester, hat kein Wort mehr mit mir gesprochen, nachdem ich Ron geheiratet hatte. Hat die Nase mächtig hoch getragen, dabei war ihr Vater bloß ein einfacher Landarbeiter. Einen Mr. Murdoch hat sie geheiratet, na, der tut mir jetzt noch leid, die beiden müssen jetzt weit über achtzig sein, wenn sie noch nicht abgekratzt sind. Die Brüder hießen Len und Sidney, aber Sidney ist im Krieg geblieben, wie Ron. Len war ein netter Kerl, mit dem bin ich immer gut ausgekommen und mit seiner Frau auch. Sie schicken mir immer noch Weihnachtsgrüße.«

»Haben sie Kinder?«

Mrs. Crown zündete sich an dem Stummel der abgerauchten eine neue Zigarette an und blies Wexford den Rauch ins Gesicht. »Ja, bloß Kinder sind's inzwischen keine mehr. Sie müssen so Ende Dreißig sein. Leslie und Charlie. Zu Leslies Hochzeit war ich eingeladen, aber er hat mich wie Dreck behandelt, hat getan, als wüßte er nicht, wer ich bin. Ob Charlie verheiratet ist, weiß ich nicht, interessiert mich auch nicht. Er ist Lehrer geworden, hält sich für was Besseres.«

»Einen Grenville West gibt es in der Familie nicht, soweit Sie wissen?«

Wie Mrs. Parker hielt auch Lilian Crown ihn offensichtlich für leicht beschränkt. Sie schlug die Augen gen Himmel.

»Natürlich, sie heißen alle Grenville. Es ist wie ein zweiter Familienname. Was sich ein Landarbeiter dabei gedacht hat, seinen Jungs so'n Anhängsel zu ihrem Namen zu verpassen, ist mir schleierhaft.«

Wexford wurde ganz schwindlig. »Können Sie mir das etwas näher erklären, Mrs. Crown? Wieso heißen sie alle Grenville?«

Sie schnurrte die Namensliste herunter: »Ronald Grenville West, Leonard Grenville West, Sidney Grenville West, Leslie Grenville West, Carles Grenville West.«

Wexford war wie vom Donner gerührt. »Und Ihre Nichte Rhoda kannte diese Leute?« brachte er schließlich heraus.

»Möglich, daß sie Leslie und Charlie mal gesehen hat, als sie klein waren. Sie selbst war ja wesentlich älter.«

Er hatte sich die Namen aufgeschrieben, und erstaunlicherweise konnte Mrs. Crown sogar einige Adressen liefern. Die Eltern wohnten in Myfleet, nicht weit von Kingsmarkham, der Sohn Leslie in einer benachbarten Grafschaft. Wo Charlie abgeblieben war, wußte sie nicht, aber seine Schule war in Südlondon, hatte sein Vater gesagt, also mußte er wohl auch da in der Gegend wohnen.

Jetzt mußte er doch die Frage anbringen, die er gefürchtet hatte. Er versuchte, es so taktvoll wie möglich zu machen. »Und das ist alles? Sonst gibt es keinen Grenville West mehr?«

»Nicht daß ich wüßte. Abgesehen von meinem Jungen natürlich. Aber der zählt nicht, der ist nicht ganz da. Ist seit seiner Kindheit im Heim. John Grenville West heißt der.«

16

An diesem Tag hörte er nichts mehr von Commissaire Laquin. Dafür war Lorings Ermittlung ergiebig und klärte endlich die Sache mit der Brieftasche.

»Die Mädchen haben nicht geschwindelt«, sagte Wexford zu Burden. »Er hatte tatsächlich eine Brieftasche im Bus verloren, und zwar seine alte. Das hat er der Verkäuferin bei Silk and Whitebeam erzählt, als er am Donnerstag, dem vierten August, dafür eine neue erstand.«

»Und die neue haben wir in der Handtasche von Rhoda Comfrey gefunden . . .«

»Ich möchte annehmen, daß die alte wieder auftauchte und er ihr die neue geschenkt hat, vielleicht an dem Samstag, als es zu spät war, Polly Flinders noch Bescheid zu sagen. Vielleicht hat Rhoda im Gespräch erwähnt, sie sei am Vortag fünfzig geworden, und er hat gesagt, schön, dann schenk ich dir die Brieftasche hier.«

»Du glaubst, er war ein Vetter von ihr?«

»Ja. Allerdings sehe ich noch nicht, wie uns das weiterhilft. Wir haben die Grenville Wests überprüft. Zwei sind tot, einer ist im Heim in Myringham, im Abbots Palmer Hospital. Einer ist zweiundsiebzig. Einer ist mit seiner Frau nach Australien ausgewandert. Der letzte, Charles Grenville West, ist Lehrer, seit fünf Jahren verheiratet und wohnt in Carshalton. Der Vater, ebenfalls ein John Grenville West, hat von Vettern zweiten und dritten Grades geredet, die vielleicht auch noch den Namen tragen, aber er ist schon ein bißchen altersschwach. Wo sie stecken, konnte er uns nicht sagen. Ich versuche es mal bei diesem Charles.«

Das erste, was Wexford in Charles Grenville Wests Wohnzimmer auffiel, war ein Bord mit Büchern, die vertraute Titel trugen: *Arden's Wife, Apes in Hell, Her Grace of Amalfi, Fair Wind to Alicante, Killed with Kindness.* Sie hatten einen Ehrenplatz auf dem Bücherregal.

Am Telefon hatte er Charles West nur gesagt, er wolle gern mit ihm über den Tod einer entfernten Verwandten von ihm sprechen. West hatte ihm erklärt, er habe Rhoda Comfrey nie gesehen, aber Wexford solle nur kommen. Jetzt saß er am Tisch, ein Bier vor sich, hatte freundlich die Frage beantwortet, ob er eine gute Reise gehabt hatte, und sagte: »Ihr Namensvetter scheint einer ihrer Lieblingsautoren zu sein.«

West nahm *Fair Wind to Alicante* vom Regal. »Durch den Namen bin ich eigentlich erst darauf gekommen, mich mit seinen Büchern zu beschäftigen«, sagte er. »Sie gefallen mir gut. Von Anfang an habe ich mich gefragt, ob wir vielleicht verwandt seien.« Er deutete auf das Foto des Autors. »Es kam mir vor, als sei eine Ähnlichkeit vorhanden, aber das war vermutlich entweder Einbildung oder Wunschdenken. Das Foto ist ja nicht besonders scharf durchgezeichnet. Aber dann waren da die Hinweise in den Büchern selbst, in den Romanen, die in England spielen, meine ich.«

»Was für Hinweise?« erkundigte sich Wexford gespannt.

»In *Killed with Kindness* zum Beispiel beschreibt er ein Herrenhaus, das offensichtlich Clythorpe Manor bei Myringham nachempfunden ist. Der Irrgarten wird geschildert und die Säulenhalle. Ich bin dort gewesen, ich kenne das Haus gut. Meine Großmutter war dort vor ihrer Heirat in Stellung.« Charles West lächelte. »Meine Leute waren alle einfache Landarbeiter, die Frauen wurden Dienstmädchen. Sie leben seit Generationen in diesem Teil von Sussex. Deshalb überlegte ich mir, ob wir es bei Grenville West vielleicht mit einem entfernten Vettern zu tun hatten, weil er die Gegend so gut kannte. Ich fragte meinen Vater, aber der meinte nur, möglich wäre das durchaus, die Familie sei weit verzweigt.«

»Warum haben Sie nicht einfach an West geschrieben?« wollte Wexford wissen.

»Das habe ich dann auch getan. Ich habe meinen Brief an den Verlag geschickt und bekam eine sehr nette Antwort. Möchten Sie sie sehen? Ich habe sie aufgehoben.« Er ging zur Tür und rief hinaus: »Liebling, holst du mal eben den Brief von Grenville West? Aber er ist nicht mit uns verwandt, Sie können sich gleich selbst davon überzeugen.«

Mrs. West brachte das Schreiben, im Briefkopf stand die Adresse in Kenbourne Vale. »Lieber Mr. West«, las Wexford, »haben Sie herzlichen Dank für Ihren Brief. Es freut mich sehr, daß Sie Gefallen an meinen Romanen gefunden haben. Ich hoffe, daß auch *Sir Bounteous* von Ihnen gemocht wird, die Geschichte basiert auf Middletons *A Mad World, My Masters* und erscheint nächsten Monat.

Auch dieser Roman spielt in England oder genauer gesagt in Sussex. Ich liebe die Grafschaft, aus der Sie stammen, sehr, muß Ihnen aber leider mitteilen, daß es nicht meine Heimat ist. Ich kann auch keinerlei Beziehungen zwischen Ihrer und meiner Familie feststellen. Ich bin in London geboren, die Familie meines Vaters kommt ursprünglich aus Lancashire, die Familie meiner Mutter aus dem West Country. Grenville war der Mädchenname meiner Mutter.

So sehr ich mich also gefreut hätte, irgendwelche Vettern zu finden – als einziges Kind von zwei Einzelkindern habe ich keine lebenden Angehörigen –, muß ich mich und vielleicht auch Sie enttäuschen.

Mit besten Wünschen und freundlichen Grüßen

Ihr

Grenville West.«

Das Blatt war mit der Maschine geschrieben, nur die Unterschrift war von Hand daruntergesetzt worden. Wexford reichte es achselzukkend zurück. Auch für ihn war es eine Enttäuschung. Aber etwas an dem Brief fiel ihm auf, fiel aus dem Rahmen. Der Inhalt konnte es nicht sein. Der Stil? Er war sehr glatt, sehr gewandt, ein bißchen zu gewandt, und trug den Stempel des berufsmäßigen Schriftstellers. Aber das war es nicht . . . Ach was, er hatte diese »Gefühle«, diese Riecher so satt. Noch nie war ein Fall so voller Fingerzeige gewesen, die alle ins Nichts geführt hatten.

»Wirklich ein netter Brief«, sagte er ohne große Anteilnahme. Wenn man sich nicht daran stößt, dachte er bei sich, daß er ein einziger Schwindel ist.

Wexford betrat das Polizeirevier. Das Wetter war wieder heiß, ja, schwül geworden; es kam ihm vor, als hätte sich die Zeit um eine Woche zurückgedreht, denn in der Halle wartete Malina Patel auf ihn.

Eine zarte kleine Hand legte sich auf einen Ärmel, die Rehaugen richteten sich ernsthaft auf ihn. Sie schien schmaler und zerbrechlicher denn je. »Ich habe Polly mitgebracht.«

»Na so was. Wo steckt sie denn?«

»Auf der Toilette. Ihr ist schlecht geworden, und einer der Polizisten hat ihr gezeigt, wo die Toilette ist.«

»Aha. Wenn sie sich etwas erholt hat, kann Ihnen jemand zeigen, wo mein Büro ist.«

Burden wartete schon auf ihn. »Nach Aussage Ihres Freundes wird jetzt ganz Frankreich nach unserem vermißten Autor abgesucht. In Annecy war er nicht, und wenn Ihre Polly Flinders Ihnen das tausendmal erzählt hat.«

»Sie kommt gerade herauf, vielleicht erfahren wir jetzt Näheres.«

Die beiden jungen Mädchen kamen herein. Paulines Gesicht war grünlich vor Übelkeit, die Unterlippe zitterte unter den häßlichen, vorstehenden Schneidezähnen. Sie trug verschossene, abgewetzte Jeans und eine Bluse, die aussah, als sei sie zerknüllt aus der Schmutzwäsche hervorgezogen worden. Auch Malina trug lange Hosen, aber sie waren aus brauner Seide mit weißer Stickerei. Auf einem enganliegenden weißen Pullover wippte ein goldenes Medaillon an langer Kette.

»Ich hab sie einfach hergeschleppt«, erklärte Malina. »Sie war fix und fertig.« Sie streifte Burden mit einem scheuen Seitenblick und setzte sich.

»Was drückt Sie denn, Miss Flinders?« fragte Wexford freundlich.

»Sag's ihm, Polly. Du hast es versprochen. Wozu wären wir denn sonst hergekommen . . .«

Polly Flinders hob den Kopf und sagte rasch und tonlos: »Grenville hat mir keine Karte geschickt. Sie stammt vom letzten Jahr. Der Poststempel war verwischt, ich habe mir gedacht, Sie würden es nicht merken.«

Der Wutausbruch, den sie vielleicht erwartet hatte, blieb aus. Wexford nickte nur. »Sie haben sich auch gedacht, daß ich nichts von Grenvilles Bekanntschaft mit Rhoda Comfrey erfahren würde. Aber er kannte sie seit Jahren, nicht wahr?«

»Sie hat ihm bei seinen Büchern geholfen«, erklärte Polly atemlos. »Sie war oft bei ihm in der Wohnung. Aber ich habe nicht gewußt, wo sie wohnt. Ich habe nie gefragt, ich hab's nicht wissen wollen. Wegen der Postkarte, ich –«

»Lassen Sie jetzt mal die Postkarte. Waren Sie und Miss Comfrey am Abend des fünften August in Mr. Wests Wohnung?« Sie nickte stumm. »Und Sie haben beide gehört, wie sie von dort aus telefonierte und sagte, wo sie am Montag sein würde?«

»Ja, aber –«

»Sag ihm die Wahrheit, Polly. Wenn du ihm alles sagst, hast du überhaupt nichts zu befürchten.«

»Besten Dank, Miss Patel, ich weiß selbst, wie man Zeugen behandelt. Wissen Sie, wo sich Mr. West zur Zeit aufhält, Miss Flinders? Nein? Den Schwindel mit der Postkarte haben Sie inszeniert, weil Sie fürchteten, Mr. West könne etwas mit Miss Comfreys Tod zu tun haben, stimmt's?«

Sie nickte eifrig, die Hände zu Fäusten geballt.

»Ich glaube, das genügt im Augenblick«, sagte er. »Morgen abend komme ich zu Ihnen. Inzwischen haben Sie Zeit, sich wieder zu beruhigen.« Malina machte ein enttäuschtes Gesicht. »Morgen«, fuhr er fort, »werde ich Sie bitten, mir den Namen des Mannes zu nennen, mit dem Sie den Montag abend verbracht haben. Ich hoffe, daß ich Sie nicht vergeblich werde bitten müssen.«

Burden brachte die beiden heraus. Als er wieder ins Zimmer kam, sagte er: »Rhoda Comfrey hat also West erpreßt. Ich frage mich, wieso wir darauf nicht schon früher gekommen sind.«

»Weil es keine besonders gute Theorie ist. Viel eher wäre schon einzusehen, daß man *sie* erpreßt hat. Ihr lag sehr viel daran, ihr wirkliches Leben geheimzuhalten. Aber West?«

»West ist mit ziemlicher Sicherheit homosexuell«, erklärte Burden streng. »Warum hätte er sonst Polly zurückgewiesen? Warum läuft er sonst durch Soho, sitzt in Kneipen herum und trinkt mit seinen Kumpels? Und warum hat er sonst eine längjährige und völlig platonische Freundschaft mit einer älteren Frau? Das ist typisch für diese Schwulen. Sie suchen die Bekanntschaft von Frauen, aber sie dürfen ihnen nicht gefährlich werden, es müssen verheiratete Frauen sein oder Frauen, die viel älter sind als sie selbst.«

Wexford fragte sich, warum er daran noch nicht selber gedacht hatte. Wieder mal war er dankbar für Burdens gesunden Menschenverstand. Und hatten nicht auch seine eigenen »Gefühle« auf so etwas hingedeutet, als er den Brief an Charles West gelesen hatte?

Trotzdem wollte er es Mike nicht zu leicht machen. »Und diese langjährige Bekannte setzt es sich plötzlich in den Kopf, ihn zu erpressen? Nach zehn Jahren? Du denkst wahrscheinlich daran, daß sie gedroht hat, seine homosexuellen Neigungen an die Öffentlichkeit zu bringen. Aber heutzutage findet doch dabei kaum jemand etwas. Wahrscheinlich macht er selbst gar kein Hehl daraus.«

»Meinst du? Warum weiß dann deine kleine indische Freundin nichts davon? Warum ist diese Tatsache seiner Agentin oder Vivian oder Polly unbekannt? Vielleicht, weil es gutbürgerliche Leser doch gestört hätte, wenn bekanntgeworden wäre, was er nachts in London treibt. Mich jedenfalls hätte es gestört.«

»Seit wann gehörst du zu seinen Lesern?«

Burden machte ein etwas verschämtes Gesicht, wie immer, wenn man ihn bei einem Hang zum Intellektuellen ertappte. »Seit gestern früh«, gestand er. »Irgendwas muß der Mensch ja tun, wenn er Telefondienst hat. Ich hab mir von Loring zwei seiner Romane als Taschenbuchausgabe holen lassen. Sie lasen sich ganz nett; daß der Autor ein Homo ist, wäre mir nicht im Traum eingefallen.«

»Aber deiner Meinung nach ist er einer?«

»Ja, aber er möchte es nicht an die große Glocke hängen. Trotz dieser Neigung denkt er daran, sich mit Polly zusammenzutun – so was hat man häufig bei Homosexuellen, die in die Jahre kommen –, und

Rhoda mag die Vorstellung nicht begeistert haben, in Zukunft eine Ehefrau vorzufinden, wenn sie ihn besuchen kam. Also droht sie auszupacken, wenn er Polly nicht aufgibt. Da hast du dein Motiv.«

»Das erklärt nicht, wieso er den gleichen Namen hat wie ein ganzer Clan von Verwandten ihrer Tante.«

»Dein Charles West hat an ihn geschrieben, weil er dachte, Grenville West könnte ein Vetter von ihm sein. Ist es nicht denkbar, daß Rhoda das gleiche getan hat, als sie vor Jahren sein erstes Buch gelesen hatte? Charles West ist der Sache nicht weiter nachgegangen. Rhoda hat es möglicherweise nicht bei einem Brief bewenden lassen. Vielleicht haben sie sich auf diese Weise überhaupt kennengelernt. Vertieft hat sich die Freundschaft dann, als Rhoda für das Buch, das er ihr später widmete, recherchiert hat. Der Name ist nur insofern wichtig, als er sie zusammengebracht hat.«

»Ich kann nur hoffen«, murrte Wexford, »daß der morgige Tag West und uns zusammenbringt.«

Robin machte ihm die Wagentür auf.

»Besten Dank«, sagte Wexford. »Sind Sie der neue Portier? Gut, Sie sollen auch ein Trinkgeld haben.« Er gab ihm das Eis, das er unterwegs gekauft hatte. »Eins ist für deinen Bruder.«

»Ab morgen kann ich das nicht mehr machen«, sagte Robin.

»Wieso nicht? Weil die Schule wieder anfängt? Du bist trotzdem eher zu Hause als ich.«

»Wir gehen heim, Opa. Daddy holt uns um sieben ab.«

Dem Kind konnte Wexford nicht sagen, wie ihm zumute war. »Du wirst mir fehlen«, meinte er, und es war ihm ernst damit.

»Ja«, sagte Robin zufrieden. Glückliche Kinder kennen ihren Wert, für sie ist es selbstverständlich, daß sie geliebt werden. »Und nun haben wir die Wasserratte doch nicht gesehen.«

»Wir probieren es wieder einmal. Ihr fahrt ja nicht zum Nordpol.«

Über diesen bescheidenen Witz wollte der Kleine sich ausschütten vor Lachen. Wexford schickte ihn mit dem Eis zu Ben und schloß die Haustür auf. Sylvia war oben und packte. Er legte ihr den Arm um die Schulter.

»Ihr habt also eure Schwierigkeiten bereinigt, Kind?«

»Bereinigt wäre zuviel gesagt. Er hat versprochen, daß er mir beim Studium so gut wie möglich helfen will, wenn ich noch ein Jahr warte. Und – er hat eine Geschirrspülmaschine gekauft.« Sie lachte ein bißchen kläglich. »Aber nicht deshalb gehe ich zurück.«

»Ich glaube, ich weiß warum.«

Sie machte sich los und ließ den Kopf hängen. »Ich kann ohne ihn nicht leben, Dad. Er hat mir schrecklich gefehlt.«

»Ich finde, das ist ein guter Grund, um zurückzugehen.«

»Mag sein. Aber da ist noch etwas: Gleichberechtigung hin, Gleichberechtigung her, Frauen können sich Männerpositionen nicht erzwingen. Diese Stellung in der Welt gehört nach wie vor den Männern, und es wird Jahrhunderte dauern, bis sich ihre Haltung in dieser Beziehung geändert hat. Da müßte man schon Äonismus praktizieren . . .«

Das war ein Wort, das selbst ihrem belesenen Vater unbekannt war. Was hatte sie sich da angelesen? Aber ehe er fragen konnte, kamen die Jungen herein.

»Wir könnten es noch ein letztes Mal mit der Wasserratte versuchen, Opa.«

»Quäl deinen Großvater nicht, Robin. Opa ist müde, und in einer Stunde holt Daddy uns ab.«

»Eine Stunde«, erklärte Robin mit der großzügigen Zeitauslegung eines Sechsjährigen, »ist ganz schrecklich lang.«

Also gingen sie zu dritt über die Wiese zum Kingsbrook. Es war feucht, dunstig und still, die Weiden waren blaue, unförmige Schatten, auf jedem Grashalm blinkte ein Wassertropfen. Der Fluß war gestiegen, und die Strömung war schnell, es war das einzige, was sich in der Landschaft regte .

»Opa tragen«, sagte Ben etwas früher als sonst.

Doch während Wexford sich bückte, regte sich noch etwas außer dem Fluß. Rechts von ihnen zeigte sich am anderen Ufer ein blankes Augenpaar im Ausgang eines Baus.

»Pst«, flüsterte Wexford. »Bleibt ganz still stehen.«

Die Wasserratte kam langsam hervor. Sie hatte überhaupt nichts Rattenhaftes an sich, sondern sah richtig hübsch aus mit dem rundlichen Körper, dem langen, braunen Fell und dem neugierigen spitzen Gesicht. Langsam und vorsichtig lief sie bis zum Wasser, tauchte dann rasch ein und begann mit gestrecktem Körper zu ihnen herüberzuschwimmen. Als sie das Ufer erreicht hatte, hielt sie inne, sah die drei Menschen einen Augenblick ruhig und furchtlos an und verschwand dann in dem dichten Schilfgürtel.

Robin wartete, bis sie nicht mehr zu sehen war, dann hopste er begeistert auf und ab. »Wir haben die Wasserratte gesehen, wir haben die Wasserratte gesehen!«

»Ben will zu Daddy. Ben will heim. Ben hat kalte Füße.«

»Freust du dich, daß wir die Wasserratte gesehen haben, Opa?«

»Sehr«, bestätigte Wexford und wünschte, seine eigene Jagd würde so glücklich und befriedigend enden.

17

Daß Grenville West sich einfach nicht fassen ließ, konnte langsam kein Zufall mehr sein. Er war auf der Flucht, und zwar offenbar jetzt schon seit fast drei Wochen. Alles deutete darauf hin, daß er der Mörder von Rhoda Comfrey war. Am Freitag vormittag hatte Wexford sich zu der Einsicht durchgerungen, daß der Fall für ihn zu groß geworden war, daß er mit seinen beschränkten Mitteln den Vogel nicht mehr würde fangen können. Es würde wohl unvermeidlich sein, Scotland Yard und auch Interpol einzuschalten. Aber nachdem er den Chief Constable verständigt hatte, war ihm doch etwas flau zumute. Als sich Michael Baker aus Kenbourne Vale meldete, war es ihm fast peinlich, sein Versagen zugeben zu müssen.

Baker fragte, wie es ihm ging und machte noch ein paar Anmerkungen zu der Farriner-Panne. Dann fragte er: »Für diesen Grenville West interessieren Sie sich wohl nicht mehr, was?«

Wexford horchte auf. »Doch. Warum?«

»Dann kommen Sie besser auf dem schnellsten Wege hierher. Am Telefon kann ich Ihnen nur ein paar Stichworte geben. In einer Hotelgarage nicht weit von hier ist Wests Wagen aufgefunden worden. Am Montag vor vierzehn Tagen hat West das Hotel verlassen, ohne seine Rechnung zu bezahlen.«

Wexford bedankte sich überschwenglich. Kaum eine Stunde später saß er Baker in seinem Büro gegenüber.

»Ich werde Ihnen zunächst in kurzen Zügen berichten, was sich ereignet hat«, sagte Baker. »Dann können wir zum Hotel Trieste fahren und mit dem Geschäftsführer sprechen. Er hat heute früh bei uns angerufen, ich habe daraufhin gleich Clements hingeschickt. West ist am Sonntag, dem siebten August, abends dort angekommen und hat seinen Wagen, einen roten Citroën, in einer der verschließbaren Hotelgaragen abgestellt. Als er am Mittwoch morgen nicht kam, um seine Rechnung zu bezahlen, sagte das Zimmermädchen dem Geschäftsführer, einem gewissen Hetherington, daß sein Bett seit zwei Nächten nicht benutzt worden war.«

»Und da hat er nicht gleich etwas unternommen?« wunderte sich Wexford.

»Nein, noch nicht. Er kannte West, hatte seine Adresse und keinen Grund zum Mißtrauen. Außerdem hatte West seinen Koffer dagelassen, sein Wagen stand nach wie vor in der Garage. Aber als die Tage vergingen, ohne daß er sich meldete, rief er doch bei West an, und als sich dort niemand meldete, schickte er einen seiner Angestellten zu ihm. Bitte fahren Sie fort, Sergeant, Sie haben ja mit dem Mann gesprochen.«

Clements, der inzwischen Bakers Büro betreten hatte, begrüßte Wexford mit einer komischen kleinen Verbeugung. »Dieser Hetherington, Sir, ist ein aalglatter Bursche, aber sonst, glaube ich, ganz in Ordnung. Ich meine, es liegt nichts gegen ihn vor. Er ließ sich von dem Mädchen in der Weinstube sagen, wo sich West herumtrieb. Sehr glücklich war er wohl nicht darüber, aber er rechnete damit, daß West ihm von Frankreich aus schreiben würde.«

»Aber das geschah nicht?«

»Nein, Sir. Hetherington hörte nichts von ihm, und so langsam wurde er ganz schön sauer. Dann ist ihm eingefallen, daß das Mädchen in der Weinstube was von einer Autotour gesagt hatte, und das kam ihm komisch vor, weil ja Wests Wagen noch im Trieste stand. Außerdem hatte West noch seinen Zimmerschlüssel mitgehen lassen; der Autoschlüssel war auch nicht beim Empfang hinterlegt. Hetherington kam die Sache mulmig vor. Noch immer setzte er sich nicht mit uns in Verbindung, sondern sah Wests Koffer durch. Dort fand er ein Adreßbuch. Er suchte sich die Telefonnummern von Wests Verlag, von seiner Agentin und Miss Flinders heraus und rief sie nacheinander an. Die konnten ihm aber auch nicht weiterhelfen, sie sagten nur, West sei in Frankreich. Endlich, heute früh, hat er sich dann bei uns gemeldet.«

Sie fuhren nach North Kenbourne. Die Undine Road, stellte Wexford fest, war zu Fuß von der U-Bahn-Station Parish Oak leicht zu erreichen und nicht weit von der Princevale Road und Dr. Lomonds Praxis entfernt. Früher war das Hotel Trieste ein großes Einfamilienhaus gewesen; die Balkons und Türmchen und vorstehenden Giebel waren neu verputzt oder mit Holzverschalung versehen, die Fenster vergrößert worden. Hotelmanager Hetherington war nicht nur dem Wesen nach, sondern auch im Aussehen ein »aalglatter« Bursche – er wirkte wie auf Hochglanz poliert.

Durch eine Halle mit weißem Teppichboden und Zedernholztäfelung, in der üppige Grünpflanzen auf korinthischen Säulen herumstanden, führte er sie in sein großes, luxuriös ausgestattetes Büro.

»Sie werden uns die ganze Geschichte noch einmal erzählen müssen, Sir«, sagte Baker ohne Umschweife. »Es sieht böse aus.«

»Aber gern.« Hetherington fletschte blendendweiße Zähne, als seien unsichtbare Kameras auf ihn gerichtet. »Ich mache mir ja auch große Sorgen um Mr. West, hoffentlich ist ihm nichts passiert. Bitte setzen Sie sich doch.« Er betrachtete besorgt Wexfords Regenmantel und bot ihm statt des weißen Polstersessels, in dem er sich gerade hatte niederlassen wollen, einen mostrichfarbenen an. »Der ist bequemer. Wo soll ich anfangen?«

»Am Anfang«, erklärte Wexford todernst. »Dann machen Sie weiter bis zum Schluß und hören ganz einfach auf.«

Der Blick, den der Hotelmanager ihm zuwarf, wurde noch besorgter. »Tja, angefangen hat es wohl am Samstag. Am Samstag, dem sechsten. Mr. West rief an und fragte, ob er ein Zimmer für drei Nächte haben könnte, Sonntag, Montag und Dienstag. Im August ist das sonst hoffnungslos, aber zufällig hatte eine Dame aus Minneapolis, die regelmäßig jedes Jahr bei uns wohnt, abgesagt, weil –« Er begegnete Wexfords Blick, bremste scharf und setzte neu an. »Ja, also zufällig klappte es, und ich sagte Mr. West, er könne Mrs. Grubers Zimmer haben. Er kam am Sonntag um sieben und trug sich ins Gästebuch ein. Ich habe es hier.«

Wexford und Baker sahen hinein. »Grenville West«, lasen sie, »Elm Green 22, Kenbourne Vale.«

»Er hat schon einmal bei Ihnen gewohnt?« fragte Wexford.

»Einmal, ja.«

»Hat es Sie nicht überrascht, Mr. Hetherington, daß ein Mann, der eine Wohnung besitzt, die von Ihrem Hotel aus zu Fuß zu erreichen ist, sich bei Ihnen ein Zimmer nimmt?«

»Überrascht? Wieso? Wo unsere Gäste wohnen, das geht mich überhaupt nichts an. Es würde mich auch nicht überraschen, wenn ein Herr von nebenan sich bei mir einmieten würde.«

Er nahm ihnen das Anmeldebuch wieder weg. »So was kommt oft vor, Sir«, sagte Clements leise, während der Hotelmanager ihnen den Rücken drehte. »Manchmal hat ein Mann Streit mit seiner Frau, oder er hat seine Schlüssel vergessen.«

Mag sein, dachte Wexford, aber in solchen Fällen wird die Zuflucht für die Nacht nicht fünfzehn Stunden im voraus bestellt. Er fragte Hetherington nach Wests Gepäck.

»Einen Koffer hatte er bei sich. Vielleicht auch noch eine Aktentasche. Er fragte, ob er seinen Wagen in die Garage stellen könnte, und ich gab ihm die Garage Nummer fünf, die gerade freigeworden war. Er hat den Wagen selber hereingefahren.« Er zögerte einen Augenblick. »Wenn ich jetzt so daran denke, war das allerdings etwas seltsam. Ich bot ihm an, den Wagen für ihn in die Garage stellen zu lassen, und bat ihn um seinen Schlüssel, aber er bestand darauf, sich selbst darum zu kümmern.«

»Wann haben Sie ihn zum letzten Mal gesehen?« schaltete Baker sich ein.

»Ich selbst habe ihn danach nicht wiedergesehen. Er ließ sich am Montag morgen das Frühstück aufs Zimmer kommen. Niemand scheint gesehen zu haben, wie er das Hotel verließ. Ich hatte erwartet, daß er das Zimmer bis Mittwoch mittag räumen würde, aber er stellte sich nicht ein, um seine Rechnung zu bezahlen.« Hetherington machte eine kleine Pause, dann erzählte er das, was Wexford bereits von Clements wußte. Als er geendet hatte, erkundigte sich der Chief Inspector, was aus Wests Zimmerschlüssel geworden war.

»Das weiß der liebe Himmel. Wir machen unsere Gäste immer wieder darauf aufmerksam, daß sie ihre Zimmerschlüssel bei der Abreise an der Rezeption abgeben sollen, und lassen sie extra so schwer anfertigen, daß man sie nicht ohne weiteres in die Tasche stecken kann, aber es hat alles keinen Zweck. Immer wieder werden sie mitgenommen. Hunderte haben wir schon verloren. Ich habe seinen Koffer hier. Sie möchten ihn sich sicher ansehen.«

Der Koffer stand unter Hetheringtons Schreibtisch. Er war aus braunem Leder, nicht neu, aber von guter Qualität. Name und Wappen von Silk and Whitebeam waren in den Deckel eingeprägt. Baker machte ihn auf. Er enthielt eine braune Whipcord-Hose, einen gelben Rollkragenpullover, eine leichte graue Strickjacke, eine Garnitur Unterwäsche in Weiß, braune Socken und Ledersandalen.

»Das waren die Sachen, in denen er kam«, sagte Hetherington mit einem leicht abfälligen Unterton.

»Und wo ist das Adreßbuch?« fragte Baker.

»Hier.«

Es waren nur wenige Namen, Adressen und Telefonnummern eingetragen. Field & Bray, Literaturagenten; Mrs. Brenda Nunns Privatadresse und Telefonnummer; verschiedene Nummern und Nebenstellen von Wests Verlag. Vivian's Vineyard; Polly Flinders; das Rathaus von Kenbourne. Notrufe für Gas- und Stromausfälle. Die Londoner

Stadtbücherei und die Bezirksbücherei von Kenbourne, einige französische Namen und Telefonnummern und Orte – und Crown, Lilian, mit der Telefonnummer von Rhodas Tante in Kingsmarkham.

»Wo ist der Wagen jetzt?« wollte Wexford wissen.

»Noch immer in der Garage Nummer fünf. Ich konnte ihn ja nicht von der Stelle bewegen.«

Sie gingen hinaus zu den Garagen. Der rote Citroën wirkte gut gepflegt, der Lack blitzte. Türen und Kofferraum waren abgeschlossen.

»Wir werden ihn schon aufbekommen«, meinte Baker. »Irgendwo findet sich bestimmt ein passender Schlüssel.«

Wexford suchte in seiner Hosentasche herum und fischte zwei Schlüssel mit dem Citroënzeichen heraus. »Versuchen Sie's mal mit diesen hier.«

Die Schlüssel paßten.

Im Wagen selbst fand sich nur eine Sammlung von Straßenkarten Westeuropas im Handschuhfach. Der Inhalt des Kofferraums war ergiebiger. Er enthielt zwei große braune Lederkoffer mit Anhängern: Granville West, Hotel Casimir, Rue Victor Hugo, Paris. Beide waren abgeschlossen, aber einen Koffer aufzubekommen ist ein Kinderspiel.

»Zum Teufel mit diesen ewigen Durchsuchungsbefehlen«, sagte Wexford so leise, daß Hetherington es nicht hören konnte. »Können wir die Koffer aufs Revier bringen lassen?«

»Klar«, gab Baker zurück. Dann wandte er sich mit strengem Gesicht an den Geschäftsführer des Hotels Trieste. »Sie haben durch Ihre Hinhaltetaktik unsere Zeit und das Geld des Steuerzahlers verschwendet. Die Rechnung können Sie getrost in den Schornstein schreiben – die bezahlt ihnen niemand mehr.«

Loring brachte den Citroën zusammen mit Baker zurück, während Wexford mit Clements fuhr. Durch einen Stau wurde der Polizeiwagen aufgehalten. Als sie im Revier ankamen, war der Koffer schon geöffnet, der Inhalt war auf dem Boden von Bakers tristem Büro ausgebreitet.

Die Koffer enthielten hauptsächlich Kleidung; manche Stücke waren offenbar für Wests Urlaub neu gekauft. In einer Ledertasche fanden sich ein batteriebetriebener Rasierapparat, eine Tube Sonnencreme, eine Spraydose mit Insektenmittel, aber weder Zahnbürste noch Zahnpaste, keine Seife, kein Schwamm, kein Waschlappen, kein Deodorant oder Aftershave.

»Auffällig für einen Homosexuellen«, meinte Wexford. »Man sagt diesen Leuten doch nach, daß sie besonderen Wert auf ihr Äußeres legen. Ob er sich nie die Zähne putzt?«

»Vielleicht hat er ein Gebiß.«

»Das er abends mit der Hotelnagelbürste und der Hotelseife schrubbt?«

Baker hatte einen großen braunen Umschlag hervorgeholt. Er enthielt außer den Personalpapieren einen schweren Schlüssel mit dickem Schild, in das der Name des Hotels Trieste sowie die Nummer des Zimmers geprägt waren, in dem West eine Nacht geschlafen hatte.

»Was sagen Sie dazu«, wunderte sich Baker. »Er ist nicht in Frankreich, er hat das Land überhaupt nicht verlassen.«

Er reichte Wexford einen britischen Paß, ausgestellt auf den Namen J. G. West.

18

Wexford schlug den Paß auf. Mr. John Grenville West, Bürger des Vereinigten Königreichs, Beruf Schriftsteller, geboren in Myringham, Sussex, am 9. September 1940, Größe 1,73, Augenfarbe Grau. Unterschrift: Grenville West.

Das Foto war eine typische Paßbildproduktion und zeigte einen scheinbar Irren oder Psychopathen, dem eine schwarze Haarlocke auf den dunklen Brillenrand fällt. Seinerzeit hatte West einen Schnurrbart getragen.

Der Paß war vor fünf Jahren in London ausgestellt, die Stempel belegten, daß er in Frankreich, Belgien, Holland, Deutschland, Italien und der Türkei gewesen war, es war auch ein Visum für die Vereinigten Staaten eingetragen. Mindestens zwölfmal in den vergangenen fünf Jahren hatte West sich im Ausland aufgehalten.

»Er hat auch diesmal fahren wollen«, sagte Baker. »Warum hat er es nicht getan? Und wo steckt er?«

Wexford wandte sich, ohne zu antworten, an Loring. »Gehen Sie bitte auf dem schnellsten Wege zum Zentralen Standesamt und lassen Sie sich die Daten von diesem West geben; verlangen Sie den Band für das Jahr 1940, den Teil mit dem Monat September, dann sehen Sie sich sämtliche dort erscheinenden Wests an. Alles klar? Es dürften eine ganze Menge sein, aber daß mehr als ein John Grenville West, geboren am 9. September, darunter ist, halte ich für unwahrscheinlich. Ich brauche den Namen der Mutter und des Vaters.«

Loring verschwand. Baker sah den Rest des Umschlags durch,

»Scheckbuch, Eurocard und American-Express-Karte. Reiseschecks, etwa tausend Francs in bar . . . Er hätte das nie freiwillig hiergelassen, Reg.«

»Natürlich nicht. In einem der Koffer ist auch eine Kamera, eine hübsche kleine Pentax.« Plötzlich wünschte er, Mike Burden wäre hier. Er skizzierte Baker Burdens Erpressungstheorie.

»Ich weiß nicht, Reg«, widersprach der. »Die Sache hört sich reichlich romanhaft an.«

Wexford schluckte den Hieb widerspruchslos.

»Ich halte mich da lieber an die Fakten«, fuhr Baker fort. »Faktum Nummer 1: West ist genau an dem Tag getürmt, an dem Ihre Comfrey ermordet wurde. Das nenne ich einen Schuldbeweis. Er wollte später ins Trieste zurück und sich nach Frankreich absetzen, aber etwas ist ihm dazwischengekommen.«

»Zum Beispiel?«

»Zum Beispiel, daß ihn jemand irgendwo gesehen hat, wo er nichts zu suchen hatte. Das ist doch ganz offensichtlich. Schauen Sie sich den Paß an. West ist nicht in London geboren, sondern irgendwo in Ihrer Ecke. Dort gibt es bestimmt Leute, die ihn kennen und wiedererkennen würden. Insofern ist das, was Sie über die entfernten Vettern und Großmütter und so weiter ausgegraben haben, schon ganz wichtig. Einer dieser Leute hat ihn gesehen, also ist er irgendwo untergetaucht.«

»Unter dem Schutz eines anderen Clanmitglieds vermutlich?«

»Gar nicht ausgeschlossen«, meinte Baker ernsthaft. »Aber was nützen die ganzen Spekulationen. Gehen wir erst mal essen. Sie können im Augenblick nichts tun, ich kann im Augenblick nichts tun. Überlassen wir ihn und seine Sache Scotland Yard. Wie wär's mit einem Imbiß in den *Hospital Arms*?«

»Hätten Sie etwas dagegen, statt dessen in *Vivian's Vineyard* zu gehen, Michael?«

Baker ergab sich in sein Schicksal. Auf dem Weg dorthin versuchte Wexford, mit der neuen Lage ins Reine zu kommen. Es schien auf der Hand zu liegen, daß West das Zimmer im Trieste genommen hatte, um sich ein Alibi zu verschaffen. Doch es war ein recht dürftiges Alibi, da er sich ja im Gästebuch mit seinem eigenen Namen eingetragen hatte. Baker hätte dagegengehalten, daß eben alle Verbrecher dumm sind, aber Wexford wußte, daß diese Feststellung nicht immer zutraf, besonders nicht im Falle eines Schriftstellers, den Kritiker wegen seiner historischen Genauigkeit, seines weiten Horizonts und seiner Werkstreue priesen. Er hatte nicht vorgehabt, sie zu töten, es handelte sich nicht um ein vorsätzliches Verbrechen. Der Aufenthalt im Trieste war in Wirklichkeit kein Alibiversuch. West war aus einem anderen Grund dort abgestiegen. Wie war Rhoda Comfrey an seine Wagenschlüssel gekommen? Und wer war er?

Seufzend betrat Wexford die Weinstube. Das Mädchen mit der hellbraunen Haut saß auf einem hohen Hocker hinter der Bar, baumelte mit den langen braunen Beinen und plauderte lässig mit drei jungen Männern, die vermutlich Blue jeans trugen. In diesem Dämmerlicht wirkten auch sie braun. Die ganze Szene sah aus wie eine Sepiafotografie.

Baker hatte gerade bestellt, als Victor Vivian, eine Weinflasche in jeder Hand, erschien.

»Hallo, hallo!« Er kam zu ihnen herüber und setzte sich auf den freien Stuhl. Heute trug er ein T-shirt, das mit einer Karte der Weinanbaugebiete Frankreichs bedruckt war. Über seinem Herzen lagen Burgund und die Auvergne.

»Nun sagen Sie mal, was ist bloß mit dem guten Gren passiert? Ich hatte ja keine Ahnung, Rita hat es mir vorhin erst beigebracht. Ich meine, sie hat mir erzählt, daß dieser Knabe aus dem Hotel ihn sprechen wollte und stinksauer war, wissen Sie.«

Baker würdigte ihn keiner Antwort, aber Wexford sagte: »Mr. West ist nicht nach Frankreich gereist, er muß noch im Land sein. Haben Sie eine Ahnung, wo er hingefahren sein könnte?«

Vivian pfiff wieder wie ein Schuljunge. »Na so was. Also ich meine, das ist ja, wissen Sie, ernste Sache ist das ja, nicht? Ich meine, ich bin ja auch nicht von gestern, wie?«

Körperlich gesehen war das nicht zu bestreiten; wenn man allerdings nach Vivians geistigen Fähigkeiten ging, konnte man an der Feststellung ernsthafte Zweifel hegen. Nicht zum ersten Mal überlegte Wexford, wie ein Mann von Wests Bildung und Intelligenz es länger als zwei Minuten in dieser Gesellschaft ausgehalten hatte. Was hatte West an ihm gefunden? Oder an der bläßlichen, liebeshungrigen Polly Flinders? Oder an der eckigen, widerborstigen Rhoda Comfrey?

»Sie meinen, der gute Gren ist getürmt?«

Das Mädchen stellte zwei Salate, einen Korb mit Brötchen und zwei Glas Wein vor sie hin. »Sie sagten mir, Mr. West sei vor vierzehn Jahren hierhergezogen«, fuhr Wexford fort. »Wo kam er her?«

»Tja, das kann ich Ihnen nicht sagen. Ich meine, ich bin ja selber erst seit fünf Jahren hier, und da habe ich Gren gewissermaßen schon vorgefunden.«

»Über die Vergangenheit, seine Jugend, seine Kindheit haben Sie nie gesprochen?«

Vivian schüttelte den Kopf, sein Ziegenbart wackelte. »Nein, wissen Sie, ich bin keiner, der sich aufdrängt. Gren hat nie über seine Familie geredet, ich meine, vielleicht hat er mal gesagt, daß er keine Eltern hatte. Ja, ich glaube, das hat er mal gesagt.«

»Wo er herstammt, hat er Ihnen nie erzählt?«

Baker machte ein ungeduldiges Gesicht und hüllte sich in mißbilligendes Schweigen.

»Wer redet schon über so was«, sagte Vivian unbestimmt. »Ich meine, ich glaube, daß unsere Rita hier in Jamaica geboren ist, aber genau weiß ich es nicht. Ich erzähl den Leuten ja auch nicht, wo ich herstamme. Würde mich nicht wundern, wenn der gute Gren aus Frankreich stammen würde, nein, wirklich nicht.« Er klopfte sich auf die Brust. »Das T-shirt da hat mir der gute Gren von seinem letzten Urlaub mitgebracht, wissen Sie. Immer sehr aufmerksam, ehrlich, ich meine, es wär mir unangenehm, wenn er jetzt Schwierigkeiten hätte, wirklich.«

»Haben Sie gesehen, wie er weggefahren ist, ich meine –« Wexford unterbrach sich. So etwas konnte man sich erschreckend schnell angewöhnen. »Am Sonntag, dem siebenten, meine ich.«

»Und ob. Er tauchte so gegen halb sieben hier auf, wissen Sie. ›So, jetzt geht's los, Vic‹, sagt er. Nein, zu trinken wollte er nichts, wissen Sie, weil er ja noch eine lange Strecke fahren mußte. Ich meine, sein Wagen stand draußen auf der Straße, wissen Sie, und ich bin mit ihm rausgegangen und hab ihm nachgewinkt. ›Bis zum vierten September‹, sagt er, und ich hab noch gedacht, am achten oder neunten hat er doch Geburtstag, ich muß mal nachsehen, wann es genau ist, wissen Sie, und eine Flasche Schampus für ihn kalt stellen.«

»Wissen Sie noch, was er anhatte?«

»Gren gibt nicht viel auf seine Kleidung, wissen Sie. Am liebsten trug er Rollkragenpullis, nie Hemd und Krawatte, wenn er's vermeiden konnte. Den alten gelben Rolli hat er angehabt, wissen Sie, und eine Strickjacke drüber und dunkle Hosen. Also nein, ich kann's noch gar nicht fassen. ›Um Mitternacht bin ich in Paris, Vic‹, hat er mir noch in seiner komischen hohen Stimme nachgerufen. Also nein, ich meine, mir läuft's richtig kalt den Rücken runter, wenn ich dran denke, ich meine, ich weiß gar nicht, was ich denken soll.«

Baker konnte es nicht mehr ertragen. »Die Rechnung bitte«, sagte er schroff.

»Aber ja, gern, sofort, bitte sehr, bitte gleich. Rita! Wenn er auftaucht – ich meine, wenn ich irgendwas tun kann, wissen Sie, Ihnen irgendwie helfen kann, ich meine, Sie können sich darauf verlassen. Nein, so was aber auch ...«

Im Revier erwartete Loring sie schon. »Ich habe ihn gefunden, Sir.« Er sah auf seinen Zettel. »Die Geburt ist in Myringham standesamtlich eingetragen, in der Grafschaft Sussex, am 9. September 1940. John Grenville West. Name des Vaters Ronald Grenville West, Name der Mutter Lilian West, geborene Crawford.«

19

Der kleine John ... Ein liebes, zärtliches Kind war er, wie man das oft bei dieser Krankheit hat ... flüsterte Mrs. Parkers Stimme, er hörte sie ganz deutlich. Und ebenso deutlich hörte er Lilian Crown gleichmütig sagen: Aber der zählt nicht, der ist nicht ganz da. Ist seit seiner Kindheit im Heim ...

»Ich habe mir auch die Daten der Eltern notiert, Sir, vorsichtshalber. Ronald Wests Eltern waren John Grenville West und Mary Ann West, Ronalds Geburt ist auch in Myringham eingetragen, 1914. Die Mutter, Lilian West, ist die Tochter von William und Agnes Crawford, geboren 1917 in Canterbury. Ronald und Lilian West haben 1937 in Myringham geheiratet.«

»Ich weiß, wer der Mann ist«, sagte Wexford dumpf. »Er ist geistig behindert und hat den größten Teil seines Lebens in einem Heim verbracht.« Er wußte nicht recht, zu wem er sprach. Nicht zu Baker oder Loring, nicht zu dem verblüfften Clements. Vielleicht nur zu sich selbst. »Das kann nicht sein.«

»Aber es ist so, Sir«, versicherte Loring, der Zweifel an seiner Gründlichkeit aus den Worten herauszuhören meinte.

Wexford wandte sich ab und vergrub den Kopf in den Händen. Burden hätte das vielleicht hysterisch, vielleicht auch »nur« melodramatisch genannt. Für Wexford war die Geste in diesem Augenblick die einzige Möglichkeit, allein zu sein. Eine phantastische Bilderfolge zog an ihm vorbei. Er sah ein normales Kind vor sich, das als geistig zurückgeblieben abgestempelt wird, um seiner Mutter bei einer Wiederheirat nicht im Wege zu stehen, sah, wie sich dieses Kind aus seiner Zwangslage befreit, eine Schule besucht, vielleicht adoptiert wird, seinen wahren Namen wieder annimmt ... Aber weshalb hätte Lilian Crown das verheimlichen sollen?

Er sprang auf. »Michael, darf ich bei Ihnen telefonieren?«

»Gern, Reg, fühlen Sie sich wie zu Hause.«

Burdens Stimme klang beruhigend in ihrer Sachlichkeit.

»Mike, ich habe eine Bitte. Fahr gleich zum Abbotts Palmer Hospital. Ja, ein Anruf genügt nicht, das könnte ich von hier aus erledigen, es muß jemand persönlich hin. Sie haben – oder hatten – einen Patienten namens John Grenville West. Wenn möglich, sieh ihn dir an.«

»Gern«, sagte Burden. »Ist er vorzeigbar? Ich meine, ist er völlig hinüber, oder kann er reden?«

»Wenn er ist, was er im Augenblick zu sein scheint, kann er mehr als nur reden – und in diesem Falle dürfte er überhaupt nicht da sein. Bitte stell fest, wann er in das Heim kam, wann er es verlassen hat und wie. Klar? Und wenn du erfährst, daß er vielleicht sogar geheilt und in die weite Welt hinausgegangen ist, nimm dir die Mutter vor. Möglich, daß du sie hart anfassen mußt, ziemlich hart sogar. Frag sie, ob sie wußte, daß es sich um den Schriftsteller Grenville West handelte und warum sie uns nichts davon gesagt hat.«

»Und darf ich auch erfahren, wer die Mutter ist?«

»Mrs. Lilian Crown, 2 Carlyle Villas, Forst Road.«

»Wird gemacht«, versprach Burden ungerührt.

»Ich warte auf deinen Rückruf. Ich wäre gleich zurückgekommen, aber ich möchte noch in Kenbourne bleiben, bis Polly Flinders heute abend nach Hause kommt.«

Baker fand sich mit der Einquartierung aus der Provinz tapfer ab. Er erbot sich sogar, Kaffee kommen zu lassen. Wexford bekam Mitleid mit ihm.

»Danke, Michael, aber ich lasse Sie jetzt eine Weile in Ruhe arbeiten, ich gehe ein bißchen spazieren.« Zu Loring sagte er: »Gehen Sie hinüber zu *All Souls Grove* und stellen Sie fest, wann die kleine Flinders zurückerwartet wird. Wenn Miss Patel wieder einen Tag krankfeiert, dürfte das kein zu unangenehmer Auftrag sein.«

Er selbst trat hinaus in den dunstigen Sonnenschein. Sorgfältig und methodisch trug er seine Fakten zusammen. West hatte sich über seine Vergangenheit ausgeschwiegen, hatte nur wenige, erstaunlich unpassende und ihm intellektuell unterlegene Freunde gehabt. Seinem Verlag und seinen Lesern gegenüber gab er an, in London geboren zu sein. Sein Paß und die standesamtlichen Eintragungen indessen bewiesen, daß er aus Sussex stammte. Auch seine Beschreibung der Landschaft und der Herrenhäuser von Sussex wiesen darauf hin, daß ihm die Gegend vertraut war. Vor vierzehn Jahren, zwei Jahre vor Erscheinen seines ersten Buches, war er – scheinbar aus dem Nichts – in Elm

Grove aufgetaucht. Nicht einmal mit seinem Nachbarn und guten Freund hatte er je über seine Herkunft gesprochen, einem anderen Träger des Namens Grenville West gegenüber hatte er jede Beziehung zu der Familie geleugnet.

Warum?

Weil er etwas zu verbergen hatte. Rhoda Comfrey hatte sich als ähnlich schweigsam erwiesen, weil sie vermeiden wollte, daß ihre Erpressertätigkeit ruchbar wurde. Was konnte nun der Auslöser für den Mord gewesen sein? Eine angedrohte Enthüllung seitens der Erpresserin vielleicht? Dabei hatte West eine Entlarvung seiner Homosexualität wahrscheinlich weniger zu fürchten – Wexford war nach wie vor der Ansicht, daß so etwas heute kaum mehr ins Gewicht fiel – als die Enthüllung der Tatsache, daß er nie eine Universität besucht hatte (wie in seiner Biographie behauptet wurde), nie Lehrer oder Kurier oder freiberuflicher Journalist gewesen war, daß er sich im Alter von vierundzwanzig Jahren als ein Nichts, ein Niemand, irgendwie aus einem Heim für geistig Behinderte befreit hatte.

Als seine Cousine mußte Rhoda Comfrey das gewußt haben. Vor ihr konnte er seine Vergangenheit nicht verborgen halten wie vor seinen anderen Bekannten. Hatte sie diese Drohung als letzte Waffe benutzt, als sie sah, daß sie ihren Vetter an Polly Flinders verlor? West hatte das Telefongespräch mit angehört, das sie mit seiner eigenen Mutter geführt hatte. Von der Anrede »Liebling«, mit der sie ihn von der Spur hatte abbringen wollen, hatte er sich nicht täuschen lassen. Hatte er angenommen, sie beabsichtigte einen Besuch bei seiner Mutter, der sie Einzelheiten seiner frühen Kindheit zu entlocken gedachte?

Hier war ein Mordmotiv. West hatte ein Zimmer im Hotel Trieste genommen, weil es einfacher war, Polly Flinders und Victor Vivian in dem Glauben zu lassen, er sei schon in Frankreich. Aber er hatte das Zimmer unter seinem eigenen Namen und für drei Nächte gemietet, und das zeigte, daß er nicht die Absicht gehabt hatte, seine Cousine umzubringen. Wahrscheinlich hatte er diese drei Tage für Diskussionen mit Rhoda nutzen wollen.

Aber wie war ihm die Flucht aus dem Heim, die Entwicklung zum Schriftsteller gelungen? Angenommen, er war unberechtigt in das Heim eingewiesen worden, wie hatte er die ungeheuren Schwierigkeiten überwunden? Er mußte seine ganze Kindheit und frühe Jugend dort verbracht haben, und wenn er auch nicht von Anfang an geistig behindert gewesen war, hatte man ihn doch sicher zumindest einige Jahre lang nach dieser Diagnose behandelt, er hatte wahrscheinlich keinen Schulunterricht bekommen, sein Geist war abgestumpft und durch die Gesellschaft der anderen Heiminsassen beeinflußt. Und doch hatte er im Alter von fünf- oder sechsundzwanzig Jahren einen Roman geschrieben und veröffentlicht, der eine genaue Kenntnis des elisabethanischen Dramas, der englischen Geschichte und der englischen Gebräuche jener Epoche voraussetzte.

Wenn es sich tatsächlich um diesen Grenville West handelte . . .

Es kann nicht sein, hatte Wexford zu Loring gesagt, und doch mußte es so sein. Daß der Schriftsteller zufällig auf das Pseudonym John Grenville West verfallen war, konnte man sich vielleicht noch erklären. Aber andere Einzelheiten konnten einfach kein Zufall mehr sein. Es war gar nicht anders möglich, als daß John Grenville West, der Romanschriftsteller, Frankreichliebhaber, Reisende, auch John Grenville West, der zurückgebliebene Junge war, den seine Mutter mit sechs Jahren in ein Heim gesteckt hatte. Aus diesem Elend, aus dieser Stellung in der Welt –

Es gab ihm einen Ruck. Bei diesen Worten klickte etwas in seinem Kopf. Er sah sich wieder mit Sylvia vor geöffneten Koffern stehen, hörte sie über die Gleichberechtigung und Männerpositionen und ihre Stellung in der Welt reden. Und daß man, um diese Stellung zu erreichen, irgend etwas praktizieren müßte. Was war es doch gewesen? Deismus? Nein, bestimmt nicht. Was hatte sie gesagt?

Er probierte alle möglichen Buchstabenkombinationen aus und kam schließlich auf »Äonismus«. Es mußte irgendwas mit Äonen zu tun haben. Wahrscheinlich hatte sie gemeint, daß bis zum Erreichen der Gleichberechtigung der Geschlechter noch Äonen vergehen müßten.

Er war enttäuscht, denn einen Augenblick hatte er – mit einem sonderbaren Frösteln an diesem warmen Tag – gemeint, den Schlüssel zu dem Problem gefunden zu haben. Ganz unbekannt war ihm das Wort nicht gewesen, er hatte das Gefühl, es irgendwo schon einmal gehört zu haben, und da hatte es eine völlig andere Bedeutung gehabt.

Als er vor der Bibliothek stand, kam ihm das verflixte Wort wieder in den Sinn. Er hatte einen großen Wortschatz, weil er von Jugend an Worte nachgeschlagen hatte, deren Bedeutung er nicht kannte. Für diese Bücherei hatte Grenville West eine Lesekarte gehabt, hier war Wexford zum ersten Mal auf seine Bücher gestoßen.

Im *Shorter Oxford Dictionary*, der Ausgabe in zwei dicken Bänden, fand sich zwar das Wort Äon, Äonen, aber kein Äonismus.

Hatte Sylvia es vielleicht erfunden, war es vielleicht ein etymologisch zweifelhaftes Geistesprodukt einer ihrer geliebten Emanzen? Aber das erklärte noch nicht sein Gefühl, das Wort schon einmal gehört zu haben. Er stellte den schweren Band wieder an seinen Platz zurück und ging zurück zum Revier.

Baker telefonierte. Er sprach mit so undienstlich-zärtlicher Stimme, daß Wexford messerscharf folgerte, am anderen Ende der Leitung könne nur seine Frau sein. Das Gespräch hatte ihn in beste Laune versetzt. Nein, für Wexford war nicht angerufen worden. Loring war noch nicht wieder da, sie könnten sich also ruhig noch einen Drink im *Grand Duke* genehmigen. Allerdings wurde er, Baker, zehn vor sechs daheim erwartet.

»Ich glaube, ich bleibe lieber hier, Michael«, sagte Wexford ein bißchen verlegen. »Ich hoffe, Sie nehmen es mir nicht übel.«

»Aber nein, Reg. Sehen Sie, da kommt auch Ihr junger Mann.«

Sergeant Clements führte Loring herein. »Sie ist um halb fünf gekommen, Sir. Ich habe gesagt, Sie würden so gegen halb sieben dort sein.«

Er hatte keine Ahnung, was er zu ihr sagen sollte, aber vielleicht rief Burden ja doch noch an. Das Wort ging ihm immer noch nach. »Darf ich mal telefonieren?« fragte er Baker.

Baker behandelte ihn mit der Nachsicht, die er offenbar in diesem Fall für erforderlich hielt. »Sie können hier tun, was Sie wollen, Reg.« Seine Frau und das Abendessen lockten ihn aber offenbar unwiderstehlich. »Wenn Sie mich nicht mehr brauchen, verzieh ich mich inzwischen.« Und gefaßt fügte er hinzu: »Wir werden uns ja in den nächsten Tagen noch recht oft sehen, nehme ich an.«

Wexford wählte Sylvias Nummer. Robin meldete sich.

»Daddy ist mit Mummy nach London gefahren, um Tante Sheila im Theater zu sehen.«

Sie spielte im *Kaufmann von Venedig* im National Theatre die Jessica. Wexford hatte sie schon vor einem Monat in der Rolle gesehen. Er bedankte sich bei Robin und legte auf.

Clements war noch da. »Sergeant, haben Sie zufällig ein Lexikon da?«

»Eins? Dutzende, Sir. Urdu, Bengali, Hindi, alles da. Muß sein, wegen der vielen Einwanderer. Natürlich beschäftigen wir auch Dolmetscher, gutes Geld verdienen die bei uns, aber alle Worte wissen die auch nicht. Und das ist auch gut so, wenn Sie mich fragen. Wir haben auch französische und deutsche und italienische Wörterbücher für unsere Freunde vom Gemeinsamen Markt.«

Wexford mußte an sich halten, um ihm nicht das Telefon an den Kopf zu werfen. »Haben Sie zufällig auch ein englisches Lexikon?«

Er war darauf gefaßt, Clements sagen zu hören, das sei nicht nötig, Englisch sprächen sie alle selber, aber zu seiner Überraschung erfuhr er, daß tatsächlich auch ein englisches Nachschlagewerk im Haus war und daß Clements es ihm gern holen würde.

Er war erst eine halbe Minute fort, als die Zentrale endlich Burden zu ihm durchstellte. Seine Stimme klang, als habe er nicht so sehr einen anstrengenden als einen deprimierenden Nachmittag hinter sich.

»Tut mir leid, daß es so lange gedauert hat. Ich bin wohl doch nicht so robust, wie ich gedacht habe. Mein Gott, was man in diesen Instituten zu sehen bekommt . . . Um es kurz zu machen: John Grenville West hat mit zwanzig Jahren das Abbots Palmer verlassen –«

»Wie bitte? Was sagst du da?«

»Keine Aufregung«, dämpfte Burden ihn rasch. »Nur, weil sie nicht die Möglichkeit hatten, ihn richtig zu pflegen. Er ist gar nicht mongoloid, da hat Ihre Mrs. Parker Ihnen etwas Falsches erzählt. Er wurde mit schweren Gehirnschädigungen geboren, und ein Bein war kürzer als das andere. Wenn man zwischen den Zeilen zu lesen versteht, kann man aus dem, was sie einem erzählen, heraushören, daß es die Folgen einer versuchten Abtreibung waren.«

Wexford sagte nichts. Das Entsetzen, das in Burdens Stimme schwang, genügte. »Er ist jetzt in einem Heim bei Eastbourne«, fuhr Burden fort. »Ich war dort. Seit achtzehn Jahren vegetiert er nur so dahin. Diese Crown hat sich wahrscheinlich geschämt, es Ihnen zu sagen. Ich komme gerade von ihr. ›Traurig, nicht?‹ hat sie nur gemeint und mir einen Gin angeboten.«

20

Die Lexika, die Clements heranschleppte, waren das *Shorter Oxford* in einem Band und *Webster's International* in zwei Bänden.

Das *Oxford* half ihm nicht weiter. Enttäuscht klappte Wexford es zu. Dann überlegte er. Vielleicht hatte Sylvias Wort gar keinen Diphthong gehabt, vielleicht kam es gar nicht aus dem Lateinischen oder Griechischen, sondern war von einem Namen oder einem Ort abgeleitet? Aber wenn dieser Name nicht im Lexikon stand, war er genauso schlau wie vorher. Die unmöglichsten Ideen kamen ihm: Sylvia anzurufen, ein Taxi zu nehmen, zum National Theater zu sausen, sie aufzuspüren, ehe sich in einer Dreiviertelstunde der Vorhang hob . . . Aber es blieb ihm ja noch eine letzte Möglichkeit.

Webster's International. International brauchte es, wenn es nach ihm ging, gar nicht zu sein – wenn es nur umfassend genug war. Er schlug es bei E auf. Eo ipso, Eolienne . . . Und da war es.

»Haben Sie gefunden, was Sie suchten, Sir?« erkundigte sich Clements.

Wexford lehnte sich mit einem Seufzer zurück, der schwere Band klappte von selber zu. »Ich habe gefunden, was ich seit drei Wochen suche, Sergeant.«

Ziemlich zurückhaltend ließ Malina Patel sie ein. Hatte sie sich für Loring Haremshosen und ein Bolero aus seidig glänzendem, reich bestickten Stoff angezogen? Das schwarze Haar war zu einer komplizierten Frisur hochgetürmt und wurde mit goldenen Nadeln gehalten.

»Polly ist in einem schrecklichen Zustand«, sagte sie vertraulich. »Ich kann überhaupt nichts mit ihr anfangen. Als ich ihr sagte, daß Sie kommen, habe ich gedacht, sie kippt mir um. Und dann hat sie furchtbar angefangen zu weinen. Ich hab nicht gewußt, was ich tun sollte.«

Vielleicht, dachte Wexford, hättest du dich als echte Freundin erweisen und sie trösten können statt eine volle Stunde darauf zu verwenden, dich als Haremsdame zu verkleiden.

Sie schlug die schönen Augen zu ihm auf. »Ich denke aber, Sie können jetzt mit ihr sprechen. Sie ist in ihrem Zimmer. Ich habe ihr gesagt, daß sie keine Angst zu haben braucht, wenn sie die Wahrheit sagt. Sie werden ihr keine Angst machen, nicht wahr?«

Auf Loring wirkte der Zauber nach wie vor. Er machte ein ziemlich schafsmäßiges Gesicht. Bei Wexford war die Wirkung verflogen.

»Ich habe eigentlich gute Lust, *Ihnen* Angst zu machen, Miss Patel. Zuerst haben wir beide ein Wörtchen miteinander zu reden. Gehen wir hier hinein.«

Er öffnete aufs Geratewohl eine Tür. Sie befanden sich in der Küche, in der es nach faulendem Gemüse und starken Gewürzen roch. Die Spüle war bis an den Rand mit schmutzigem Geschirr gefüllt. Sie stellte sich davor. Ihr Lächeln war nicht ganz sicher.

»Sie sind sehr schnell bei der Hand mit Ihren Ratschlägen«, sagte der Chief Inspector. »Wird Ihr Rat Ihrer Erfahrung nach angenommen?«

»Ich habe ja nur helfen wollen«, sagte sie mit Kleinmädchenstimme. »Es war ein guter Rat, nicht wahr?«

»Meinen Ratschlag haben Sie nicht angenommen.«

»Ich weiß nicht, was Sie meinen . . .«

»Die Polizei nicht anzuschwindeln. Sie haben mir etwas Wichtiges verschwiegen. Gestern vormittag hat der Geschäftsführer des Hotel Trieste bei Ihnen angerufen, nicht wahr?«

»Er wollte Polly sprechen.«

»Und als Miss Flinders erfuhr, daß Mr. Wests Wagen gefunden worden war, sagten Sie ihr, daß die Polizei es früher oder später erfahren würde. Haben Sie ihr geraten, uns zu verständigen? Nein. Sie meinten, das beste würde sein, sie zu uns zu bringen mit der alten Geschichte, sie hätte ein schlechtes Gewissen bekommen.«

Sie rückte ein Stück beiseite. Durch die Bewegung rutschten die schmutzigen Schüsseln tiefer in die Spüle hinein.

»Wann haben Sie erfahren, wie es wirklich war, Miss Patel?«

Eine Flut von Rechtfertigungen brach aus ihr heraus. Ihre Stimme klang nicht mehr sanft und wohltönend, sie hatte einen deutlichen Cockneyakzent.

»Daß Polly nicht mit einem verheirateten Mann in einem Motel war? Erst gestern abend, ehrlich wahr. Sie war völlig durcheinander und hatte den ganzen Tag geweint. ›Ich kann ihm die Adresse nicht geben‹, sagte sie, ›diesen Mann gibt es überhaupt nicht.‹ Da hab ich lachen müssen, weil Polly, seit ich sie kenne, überhaupt keinen richtigen Freund gehabt hat, und ich frage sie: ›Du hast dir das einfach ausgedacht?‹ Und sie hat ja gesagt. Und ich sage: ›Grenville hat dich bestimmt nie geküßt, stimmt's?‹ Und dann weinte sie wieder und –« Die Gesichter der beiden Männer sagten ihr, daß sie zu weit gegangen war. Gerade noch rechtzeitig schlüpfte sie wieder in ihre Rolle. »Ich wußte, daß Sie es herausbekommen würden«, erklärte sie seelenvoll, »weil die Polizei immer alles herausbekommt.«

»Und wann haben Sie erfahren, wo Miss Flinders in jener Nacht wirklich war?« wollte Wexford wissen.

Die kritischen Minuten waren vorbei. Der Chief Inspector war nicht böse auf sie – richtig böse würden Männer nie auf sie sein –, und Malina Patel lächelte befreit. »Also so was! Darüber habe ich überhaupt nicht nachgedacht.«

Nein, darüber hatte sie nicht nachgedacht. Nur an ihre eigene Schönheit und Attraktivität hatte sie gedacht und an ihre Überlegenheit der unscheinbaren, dummen Freundin gegenüber.

»Der Gedanke, daß ein Mädchen, das nie allein im Dunkeln ausging, guten Grund gehabt haben mußte, die halbe Nacht wegzubleiben, ist Ihnen nicht gekommen? Dann haben Sie wohl auch vergessen, daß an diesem Abend Rhoda Comfrey ermordet worden ist?«

Sie schüttelte harmlos den Kopf. »Nein, daran habe ich wirklich nicht gedacht. Was sollte denn das mit mir oder Polly zu tun haben, ich –«

Einen Augenblick hielt sie seinem forschenden Blick noch stand, dann begann sie laut loszuheulen. »Schütten Sie ihr kaltes Wasser über den Kopf«, riet Wexford dem entsetzten Loring ungerührt und verließ die Küche.

Alle anderen Türen waren geschlossen. Er klopfte an die Tür zum Wohnzimmer, wo er schon einmal mit Polly Flinders gesprochen hatte. Sie öffnete wortlos und blickte ihm ohne Hoffnung entgegen. Sie bot ein Bild der Verzweiflung: gebeugte Schultern, zerknautschte Bluse, strähniges, langes Haar, langer Rock – alles schien sie zu Boden zu ziehen.

Heute lag kein Manuskript auf dem Tisch, war kein Blatt in die Maschine gespannt, lagen kein Buch, keine Zeitschrift aufgeschlagen da. Sie mußte seit Stunden wie versteinert, unfähig jeder Bewegung, dagesessen haben.

»Setzen Sie sich, Miss Flinders.« Es war ihm schrecklich, sie quälen zu müssen, aber wenn er sein Ziel erreichen wollte, hatte er keine andere Wahl. »Sie brauchen sich nicht um Ausflüchte zu bemühen, weil sie mir den Namen des Mannes, mit dem sie angeblich den Abend des 8. August verbrachten, nicht nennen wollen. Ich weiß, daß es diesen Mann nicht gab.«

Sie sank in einem Sessel zusammen. »Sie hatten Angst, abends allein das Haus zu verlassen«, fuhr er fort, »und Sie hatten Ihre Gründe dafür. Sie sind einmal nachts von einem Mann überfallen worden, nicht wahr?«

Sie nickte stumm.

»Wenn es in England erlaubt gewesen wäre, hätten Sie sich eine Schußwaffe zugelegt. Auch Messer bei sich zu tragen ist verboten, aber man kommt leichter an sie heran. Seit wann haben Sie ein Messer in der Handtasche, Miss Flinders?«

»Seit fast einem Jahr«, sagte sie leise.

»Ein Klappmesser wahrscheinlich, dessen Klinge aufspringt, wenn man einen Vorsprung am Griff drückt. Wo ist das Messer jetzt?«

»Ich hab es an der Kenbourne-Schleuse in den Kanal geworfen.«

»Setzen wir uns wenigstens bequem hin«, sagte Wexford und winkte sie neben sich aufs Sofa, während Loring sich auf den Sessel setzte, den sie freigemacht hatte. »Ich werde Ihnen eine Geschichte erzählen«, sagte er, seine Worte sorgfältig setzend. »Ich werde Ihnen sagen, wie dieser Fall sich darstellt.«

»Es gab da eine Frau namens Rhoda Comfrey. Mit dreißig Jahren kam sie von Kingsmarkham, Sussex, nach London, wo sie eine Zeitlang von dem Einkommen aus einem Fußballtoto-Gewinn lebte. Es muß sich um eine Summe von etwa zehntausend Pfund gehandelt haben.

Als das Geld knapp zu werden begann, ergänzte sie ihr Einkommen durch Erpressung und nannte sich West, Mrs. West, weil sie an ihren Namen und die Tatsache, daß sie unverheiratet war, nicht erinnert werden mochte. Nach einiger Zeit lernte sie einen jungen Mann kennen, einen Ausländer, der kein Recht hatte, sich in diesem Land aufzuhalten, der aber, wie Joseph Conrad, hier leben und seine Bücher in englischer Sprache schreiben wollte. Rhoda Comfrey bot ihm eine Identität, eine Lebensgeschichte, Eltern, eine Familie, eine Geburtsurkunde. Er sollte den Namen eines Mannes annehmen, der nie eine Sozialversicherung oder einen Paß benötigen würde, weil er sein Leben in einem Heim für geistig Behinderte verbrachte – den Namen ihres Vetters, John Grenville West. Der junge Mann griff zu.

Das Geheimnis machte die beiden zu Freunden ganz eigener Art. Er widmete ihr sein drittes Buch, denn ohne sie hätte das Buch ja tatsächlich nie geschrieben werden können. Ihr brachte der Handel einen jungen, gutaussehenden Mann, der ihr Begleiter und Gefährte wurde. Sie wußte, daß er homosexuell war. Um so besser. Sie legte nicht viel Wert auf Sex. Nicht Liebe oder Befriedigung suchte sie, sondern einen Mann, den sie der Umwelt vorzeigen konnte.

Wie unangenehm für sie, als er eines Tages ein junges Mädchen fand, das ihm seine Manuskripte tippte und das sich allmählich in ihn verliebte.«

Polly Flinders stieß – offenbar ganz unwillkürlich – einen leisen Klagelaut aus.

»Er war nicht in sie verliebt«, fuhr Wexford fort, »aber er wurde älter, er mußte an seine Zukunft denken, und die sieht für einen Homosexuellen meist düster aus. Er beschloß zu heiraten, zumindest nach außen ein bürgerliches Leben zu beginnen, der Biographie auf dem Schutzumschlag seiner Bücher eine neue Zeile anzufügen.

Vielleicht hatte er sich nicht überlegt, was das für die Frau, die ihn im wahrsten Sinne des Wortes ›gemacht‹ hatte, bedeuten würde. Nicht sie, die zwölf Jahre Ältere, wollte er heiraten, sondern ein Mädchen, das nur halb so alt war wie sie. Um ihn daran zu hindern, drohte sie, seine wahre Nationalität aufzudecken, seine gefälschte Identität, seine homosexuellen Neigungen. Es blieb ihm nichts anderes übrig, als sie umzubringen.

Wexford sah Polly Flinders an. »Aber wir wissen beide, daß es nicht ganz so war . . .«

21

Während er sprach, hatte sich ihre Haltung allmählich geändert. Sie litt noch immer, aber sie war nicht mehr von Angst geschüttelt, hatte zu einer stillen Resignation gefunden. Seine letzte Frage ließ sie unruhig aufsehen, aber sie sagte nichts.

»Natürlich hätte er noch andere Möglichkeiten gehabt«, fuhr Wexford fort. »Er hätte heiraten und erst einmal ruhig abwarten können. Seine Leser hätten bestimmt Sympathie für einen Mann empfunden, der Asyl in diesem Land gesucht hatte, selbst wenn er sich illegaler Mittel bedient hatte, um sein Zeil zu erreichen. Daß man ihn nach so langer Zeit noch ausweisen würde, war nicht zu erwarten. Und was seine Homosexualität anging, so waren es nur ein paar Ultrakonservative, die sich daran stören würden. Und wo und wie hätte Rhoda Comfrey ihre Enthüllungen an den Mann bringen sollen? In irgendwelchen Underground-Zeitschriften, die von den meisten seiner Leser nie zur Kenntnis genommen werden würden? In einer Klatschspalte, in der alles mühsam umschrieben werden mußte, damit die Zeitung sich keinen Verleumdungsprozeß einhandelte? Wenn er diese Art von Publicity gescheut hätte, wäre ihm eine dritte Möglichkeit geblieben: Er hätte ihrer Forderung nachgeben und Rhoda Comfrey heiraten können. Die Ehe war für ihn nicht eine Sache des Herzens, sondern der Nützlichkeit.«

Polly Flinders ließ nicht erkennen, ob diese Worte sie getroffen hatten. Sie hörte ruhig zu, die Hände im Schoß gefaltet. Allerdings war sie womöglich noch blasser geworden.

»Und diese Möglichkeit wiederum«, fuhr Wexford fort, »beunruhigte nun das Mädchen, das er eigentlich hatte heiraten wollen und das er liebte. Aber sie unterschätzte den Einfluß der älteren Frau nicht. Der fünfte August war Rhoda Comfreys Geburtstag. Grenville West zeigte ihr – und auch dem Mädchen –, daß er nicht nachtragend war, indem er ihr eine teure Brieftasche schenkte. An diesem Abend waren sie zu dritt in Grenville Wests Wohnung, und Rhoda Comfrey fragte, ob sie telefonieren dürfte. Wenn ein Gast diese Bitte äußert, verläßt ein höflicher Gastgeber das Zimmer. Sie und Mr. West gingen hinaus, Miss Flinders, war es nicht so? Aber vielleicht blieb die Tür offen.

Sie rief nur ihre Tante an, um ihr zu sagen, daß sie ihren Vater am Montag im Stowerton Infirmary besuchen würde, aber um auf Sie und auf Mr. West Eindruck zu machen, tat sie, als telefoniere sie mit einem Mann. Das war für Sie nebensächlich, Miss Flinders. Interessant für Sie war, daß Rhoda Comfrey am Montag irgendwo draußen auf dem Land war, wo sie einem Gespräch nicht so leicht würde ausweichen können, wie sie es wahrscheinlich in London getan hätte.«

Er machte eine Pause und beschloß, vom Hotel Trieste und Wests Verschwinden nichts zu sagen. Sie würde wahrscheinlich froh sein, wenn Wests Name nicht ins Spiel kam.

»Am Montag des achten August fuhren Sie, nachdem Sie festgestellt hatten, wann im Krankenhaus Besuchszeit war, nach Stowerton. Sie sahen, wie Miss Comfrey mit einer anderen Frau den Bus bestieg, und stiegen ebenfalls ein. Sie folgten ihr. Als sie ausstieg, gingen sie ihr über den Fußpfad nach, – nicht mit der Absicht, sie zu töten. Ich möchte annehmen, daß Sie nur allein mit ihr sprechen, sie bitten wollten, sich nicht zwischen Sie und Mr. West zu stellen.

Aber Rhoda Comfrey lachte Sie aus, behandelte Sie von oben herab. Sie sagte etwas Kränkendes und Grausames. Sie verloren die Beherrschung und stachen zu. Ist das richtig, Miss Flinders?«

Loring holte tief Luft, machte sich offensichtlich auf einen weiteren hysterischen Anfall gefaßt. Aber Polly Flinders nickte nur wie in Gedanken und seufzte ein bißchen. »Ja, ich habe sie umgebracht. Ich habe sie erstochen und das Messer im Gras abgewischt, dann habe ich den Bus zum Bahnhof genommen und bin heimgefahren. Auf dem Rückweg habe ich das Messer in die Schleuse geworfen. Es war genau so, wie Sie sagten.«

Wexford stand auf. »Pauline Flinders, Sie sind angeklagt, am achten August Rhoda Agens Comfrey ermordet zu haben. Sie brauchen auf die Anklage nichts zu erwidern, aber alles, was Sie sagen, kann schriftlich festgehalten und gegen Sie verwendet werden.«

»Ich möchte nichts sagen«, erklärte sie. »Muß ich jetzt mitkommen?«

»Scheint ja merkwürdig glatt gegangen zu sein«, sagte Burden, als Wexford ihm telefonisch Bericht erstattete.

»Was hast du dir denn vorgestellt? Melodrama? Hysterische Ausbrüche?«

»Nein, natürlich nicht, aber – ich weiß nicht ... Der Fall war so verwickelt, und jetzt stellt sich plötzlich heraus, daß es von Anfang an dieses Mädchen war. Sie hat die Frau umgebracht, nur weil sie sich zwischen sie und West gestellt hat.« Wexford schwieg. »Sie hat sie doch umgebracht? Oder gesteht sie jetzt, nur um West zu schützen?«

»Daß sie Rhoda Comfrey umgebracht hat, steht außer Zweifel. Die Zeiten stimmen, sie hat die Gegend um die Forest Road herum und Rhoda Comfreys Kleidung bis in alle Einzelheiten beschrieben. Selbst ihre Aussage, der Neun-Uhr-vierundzwanzig-Zug von Kingsmarkham nach Victoria habe an jenem Abend zehn Minuten Verspätung gehabt, war nachprüfbar. Morgen wird Rittifer die Kenbourner Schleuse absuchen lassen, da wird sich auch das Messer finden.«

»Und West hatte nichts damit zu tun?«

»Er hatte alles damit zu tun. Ohne ihn hätte es diesen Mord nicht gegeben. Er war das Motiv. Ich bin jetzt müde, Mike, und muß noch ein Telefongespräch führen. Den Rest erzähle ich dir morgen nach der Verhandlung.«

Er rief bei Michael Baker an. Eine Frau mit sanfter Stimme und leichtem nordenglischen Akzent war am Apparat. »Für dich, Liebling!« rief sie. »Komme gleich«, hörte er Baker zurückrufen. Seine Stimme wurde schärfer, als Wexford sich meldete, die stumme Frage: »Wissen Sie eigentlich, wie spät es ist?« schwang in seinem Ton. Aber als Wexford ihm die Fakten mitteilte, war er sofort wieder obenauf.

»Ich habe mir gleich gedacht, daß Sie mit diesen Namen und Daten und Geburtsurkunden nur Ihre Zeit vertun, Reg, hab ich Ihnen das nicht gleich gesagt?« Wenn Wexford nicht so müde und deprimiert gewesen wäre, hätte er lachen müssen. »Na ja, Ende gut, alles gut, nicht?«

»Schon recht. Gute Nacht, Michael.«

Vielleicht, weil Wexford sich nicht wieder überschwenglich bedankt hatte, knallte Baker ohne ein weiteres Wort den Hörer auf die Gabel. Man hörte ihn nur noch: »Komme gleich, mein Schatz!« rufen, aber das war schwerlich für seinen Kollegen aus der Provinz bestimmt.

Dora saß im Bett und las den Marie-Antoinette-Roman. Er setzte sich neben sie und streifte die Schuhe ab.

»Alles überstanden?« fragte sie.

»Ich habe mich schändlich benommen«, knurrte er, »habe das arme Ding angeschwindelt und mir ihre Lügen angehört, nur um sie zu einem Geständnis zu bewegen. Ein lausiger Job ist das. Sie denkt immer noch, daß sie damit durchkommt.«

»Weißt du eigentlich, daß ich nicht die leiseste Ahnung habe, wovon du eigentlich redest?« fragte Dora sanft.

»Ja, verzeih. Im Grunde führe ich ein Selbstgespräch. Verheiratetsein bedeutet vielleicht, mit sich selbst zu reden, während die andere Hälfte zuhört.«

»Das ist so mit das Netteste, was du mir je gesagt hast.«

Er ging ins Badezimmer. Im Spiegel betrachtete er sein häßliches Gesicht, die schweren Säcke unter den müden Augen, die Runzeln, die weißen Stoppeln am Kinn, mit denen er aussah wie ein alter Mann, und schnitt sich eine finstere Grimasse.

In der Verhandlung am Samstag morgen wurde Pauline Flinders des Mordes an Rhoda Comfrey angeklagt, den Gerichten überstellt und in Untersuchungshaft genommen.

Als es vorbei war, ging Wexford dem Chief Constable aus dem Wege – schließlich war ja heute sein freier Tag –, drückte sich vor Burden, sah über Dr. Crocker hinweg, setzte sich in seinen Wagen und fuhr nach Myringham. Was er zu tun hatte, würde den größten Teil des Tages in Anspruch nehmen und ließ sich nur in Myringham erledigen.

22

In einer versteckten Nische der »Olive und Taube« saß Burden und wartete auf den Chief Inspector, der die Zeit für das Gespräch selbst festgesetzt hatte.

Als sein Bier bis auf ein paar Anstandstropfen leer war, kam Wexford herein, einen gefüllten Bierkrug in jeder Hand.

»Ich hab Glück gehabt, daß ich dich überhaupt gefunden habe«, sagte er. »Das ist ja eine richtige Liebeslaube.«

»Ich dachte mir, du hättest vielleicht nichts dagegen, ein bißchen abgeschirmt zu sein«, sagte Burden und hob sein Glas. »Und jetzt schieß los. Ich will wissen, wo West ist, warum er sich in dem Hotel eingemietet hatte, wer er ist und warum ich am Freitag nachmittag eine Irrenhaustour machen mußte. So, das wäre der Anfang. Weiter: Wieso hast du, nach deinem eigenen Geständnis, dem Mädchen zwei völlig falsche Geschichten vorgesetzt, und wo hast du den gestrigen Tag verbracht?«

»Völlig falsch waren sie nicht«, sagte Wexford milde. »Einen gewissen Wahrheitsgehalt hatten sie schon. Ich wußte inzwischen, daß sie Rhoda Comfrey umgebracht hatte, es kam sonst niemand als Täter in

Frage. Aber ich wußte auch, daß sie mir keine Antwort hätte geben können, wenn ich sie in diesem Stadium mit der vollen Wahrheit konfrontiert hätte. Dann hätte ich nicht nur kein Geständnis bekommen, sie hätte auch kein vernünftiges Wort mehr herausgebracht und wäre höchstwahrscheinlich zusammengebrochen. Wahr ist, daß sie Grenville West liebte, daß sie ihn heiraten wollte, daß sie ein Telefongespräch belauschte und am Abend des achten August Rhoda Comfrey erstach. Alles übrige – das Motiv, die Entwicklung, die zum Mord führte, die Charaktere der Beteiligten –, all das war falsch. Aber es war eine Fassung, die für sie akzeptabel war. Das Traurige für sie ist, daß früher oder später die Wahrheit doch ans Licht kommen muß. Sie ist bereits ans Licht gekommen – in dem Bericht, den ich gestern für Griswold geschrieben habe.

Gestern habe ich in der neuen Stadtbücherei in Myringham gesessen und habe Havelock Ellis, eine Biographie des Chevalier d'Eon und Teile der Lebensgeschichten von Isabelle Eberhardt, James Miranda Barry und Martha Jane Burke gelesen, wenn diese Namen dir etwas sagen.«

»Du brauchst nicht so herablassend zu tun«, wehrte sich Burden. »Sie sagen mir überhaupt nichts.«

Wexfords Stimmung war alles andere als heiter, aber selbst in diesem Augenblick hatte er der Versuchung nicht widerstehen können, Burden, der schon ein leicht beleidigtes Gesicht machte, noch ein bißchen mehr auf die Palme zu bringen.

»Und wann kommen wir endlich zu West?« knurrte Burden jetzt.

»Oder willst du behaupten, er wird jetzt auftauchen, nachdem er in der Zeitung gelesen hat, daß eine seiner Freundinnen die andere ermordet hat?«

»Er wird nicht auftauchen.«

»Warum nicht?« wollte Burden wissen. »Sind etwa an dem Mord an Rhoda Comfrey zwei Leute beteiligt? West und das Mädchen?«

»Nein. West ist tot. Im Hotel Trieste hat er sich nicht mehr sehen lassen, weil er tot war.«

»Ich brauch noch was zu trinken«, sagte Burden und stand auf. An der Tür drehte er sich noch einmal um. »Wahrscheinlich hat Polly Flinders ihn ebenfalls umgebracht?«

»Ja«, sagte Wexford. »Natürlich.«

In der »Olive und Taube« war es voll geworden, und Burden brauchte über fünf Minuten, um zu seinem Bier zu kommen. »Stell dir vor, wer draußen ist«, sagte er zu Wexford. »Griswold! Zum Glück hat er mich nicht gesehen.«

»Dann geh sparsam mit deinem Bier um. Ich lege keinen gesteigerten Wert darauf, ihm in die Arme zu laufen.«

Burden setzte sich wieder, stützte die Ellbogen auf den Tisch und lehnte sich vor. »Das ist doch aber unmöglich. Was ist aus der Leiche geworden?«

Wexford gab ihm keine direkte Antwort. »Kannst du mit dem Wort Äonismus etwas anfangen?«

»Nicht mehr als mit den Namen, die du mir vorhin an den Kopf geworfen hast. Moment mal – ein Äon ist doch eine lange Zeit, ein Zeitalter. Ein Äonist ist einer, der Veränderungen über lange Zeitabschnitte hinweg untersucht, und –«

»Falsch. Aber tröste dich, meine Überlegungen gingen ursprünglich auch in diese Richtung. Es hat nichts mit Äonen zu tun, das Wort hat keinen Diphthong. Havelock Ellis hat es in einem 1928 erschienenen Buch geprägt. Die Bezeichnung stammt vom Namen des Chevalier d'Eon, Charles Eon de Beaumont, der Anfang des neunzehnten Jahrhunderts in diesem Lande starb, nachdem er sich dreiunddreißig Jahre als Frau ausgegeben hatte.

Rhoda Comfrey hat sich zwanzig Jahre lang als Mann ausgegeben. Als ich sagte, Pauline Flinders habe Grenville West ermordet, meinte ich damit, daß sie ihn in Gestalt von Rhoda Comfrey ermordet hat. Rhoda Comfrey und Grenville West waren ein und dieselbe Person.«

»Unmöglich«, widersprach Burden. »Das hätte man gewußt oder zumindest vermutet.« Da er unverwandt Wexford anstarrte, merkte er nicht, daß plötzlich ein breiter Schatten über den Tisch fiel.

Wexford hatte es gemerkt. Er drehte sich um und sagte freundlich lächelnd: »Guten Abend, Sir.« Burden sprang auf.

»Setzen Sie sich, Mike, setzen Sie sich.« Der Chief Constable warf Wexford einen grämlichen Blick zu. »Darf ich Ihnen ein bißchen Gesellschaft leisten? Oder geht der Chief Inspector gerade seinem Hobby nach, eine Geschichte mit einem Minimum an Tempo und einem Maximum an Spannung zu erzählen? Es wäre mir sehr unangenehm, ihn vor dem Höhepunkt zu unterbrechen.«

»Der Höhepunkt war gerade erreicht, als Sie hereinkamen«, sagte Burden gepreßt. »Kann ich Ihnen etwas zu trinken holen?«

»Danke, ich bin versorgt.« Griswold hielt einen sehr kleinen trokkenen Sherry hoch. »Und jetzt würde ich auch gern in den Genuß dieser fesselnden Darlegung kommen, obgleich ich Ihnen gegenüber den

Vorteil habe, Mike, daß ich eine Kurzfassung bereits gelesen habe. Würden Sie Ihre letzten Worte freundlicherweise noch einmal wiederholen?«

»Ich sagte, daß man das gewußt oder zumindest vermutet hätte. Wer sie näher kannte, mußte es merken.«

Griswold setzte sich auf die Bank neben Burden. »Nun, Reg? Ich hoffe, daß meine Anwesenheit Sie nicht in Verlegenheit bringt. Fahren Sie ruhig fort.«

»Aber gern, Sir.« Wexford hätte am liebsten gesagt, daß mehr als ein Chief Constable dazu gehörte, ihn in Verlegenheit zu bringen, aber er schluckte es herunter. »Ich glaube, die Antwort auf diesen Einwand ist, daß sie nähere Bekanntschaft, wie wir gesehen haben, bewußt nur mit nicht sehr scharf beobachtenden oder intelligenten Menschen geschlossen hat. Immerhin war Malina Patel an Grenville West etwas ›Komisches‹ aufgefallen; sie sagte, sie hätte sich nicht von ihm küssen lassen mögen. Victor Vivian sprach von einer ›komischen hohen Stimme‹, während Mrs. Crown Rhodas Stimme als tief bezeichnete. Ich halte es für wahrscheinlich, daß zum Beispiel Oliver Hampton und Mr. Nunn, wenn sie schon nicht Bescheid wußten, vermuteten, daß Grenville West bisexuell, physisch ein Hermaphrodit oder vielleicht ein weiblich orientierter Homosexueller war. Aber es bestand kein Anlaß dazu, mit mir von diesen Vermutungen zu sprechen. Damals ging es mir ja nur um die Bekanntschaft zwischen West und Rhoda Comfrey. Bei solchen beruflichen Bindungen ist Diskretion mehr oder weniger Ehrensache. Und die Burschen, mit denen Rhoda in den Bars zusammensaß, waren keine braven Vorstadtbürger, sie waren unkonventionell in des Wortes weitester Bedeutung und dürften West mit all seinen Absonderlichkeiten fraglos akzeptiert haben.

Ehe Sie hereinkamen, Sir, nannte ich drei Namen: Isabelle Eberhardt, James Miranda Barry und Martha Jane Burke. Gemeinsam ist ihnen, daß sie alle Eonisten waren. Isabella Eberhardt wurde Nomade in der nordafrikanischen Wüste, wo sie sich sporadisch als Mann ausgab. James Barry studierte zu der Zeit, als Mädchen noch nicht zum Medizinstudium zugelassen waren, als Mann Medizin und diente als Armeearzt in den britischen Kolonien. Erst nach seinem Tod stellte sich heraus, daß es sich um eine Frau handelte, und zwar eine Frau, die sogar ein Kind gehabt hatte. Martha Jane Burke ist besser bekannt unter dem Namen Calamity Jane, sie lebte als Mann unter Männern, kaute Tabak und kannte sich im Gebrauch von Waffen aus; daß sie eine Frau war, wurde erst entdeckt, als sie an einem militärischen Einsatz gegen die Sioux teilnahm.

Der Chevalier d'Eon war ein physisch normaler Mann, der sich erfolgreich dreißig Jahre lang als Frau ausgab. Die Hälfte dieser Zeit lebte er mit einer Freundin namens Marie Cole zusammen, die nicht einen Augenblick lang daran zweifelte, daß er auch eine Frau sei. Sie pflegte ihn in seiner letzten Krankheit und erfuhr erst nach seinem Tod von seinem wahren Geschlecht. Sie ›habe sich von dem Schock viele Stunden lang nicht erholen können‹, heißt es in der Chronik.

Für Rhoda Comfrey gab es also Präzedenzfälle, und die Lebensgeschichte ihrer Vorgänger zeigt, daß eine solche Verkleidung erfolgreich sein kann. Viele Leute lassen sich ganz davon täuschen, andere haben Zweifel oder stellen gewisse Spekulationen an, aber das wahre Geschlecht der Betreffenden wird oft erst entdeckt, wenn sie erkranken oder verwundet werden oder bis – wie in Rhodas Fall – der Tod eintritt.«

Der Chief Constable schüttelte einigermaßen verblüfft den Kopf. »Wie sind Sie darauf gekommen, Reg?«

»Durch meine Töchter. Die eine sagte, eine Frau müsse Eonismus praktizieren, um die Rechte eines Mannes zu bekommen, die andere zieht auf der Bühne Männerkleider an. Ach ja – und Grenville Wests Brief an Charles West klang, als habe ihn eine Frau geschrieben. Noch etwas: Rodas Fingernägel waren lackiert, aber kurz geschnitten. Rhoda Comfrey hatte eine Zahnbürste in ihrem Koffer in Kingsmarkham, West dagegen keine bei seinem Urlaubsgepäck. Alles mehr oder weniger Gefühle, Sir . . .«

»Alles gut und schön«, schaltete sich Burden ein. »Aber was war mit dem Alter? Rhoda Comfrey war fünfzig, West achtunddreißig.«

»Sie tat recht daran, sich als Mann zwölf Jahre jünger zu machen, ich komme darauf noch zurück. Aber man muß auch bedenken, daß sie sich um ihre Jugend und die besten Jahre einer Frau betrogen fühlte. Dies war eine Möglichkeit, die verlorene Zeit gleichsam wieder aufzuholen. Wie äußert sich Jugendlichkeit bei Frauen und bei Männern? Das subkutane Fett beginnt bei Frauen um die fünfzig herum zu schrumpfen; bei Männern, deren Gesicht ohnehin weniger mit Fett gepolstert ist, macht sich dieser Prozeß nicht so stark bemerkbar. Ein Mann mit Falten – besonders um die Augen herum – wirkt nicht unbedingt älter als er ist. Das jugendliche Aussehen einer Frau hängt im wesentlichen davon ab, ob sie noch keine Falten hat. Du bist Anfang vierzig, Mike, stimmt's? Mit Make-up und Perücke siehst du aus wie ein altes Weib, aber schneide einer Frau in deinem Alter die Haare ab, steck sie in Männerkleidung, – und sie könnte für dreißig durchgehen. Meine Tochter Sheila ist vierundzwanzig, aber wenn sie als Jessica im *Kaufmann von Venedig* Wams und Kniehosen anzieht, schaut sie aus wie sechzehn.«

Erstaunlicherweise war es der Chief Constable, der ihm Schützenhilfe leistete. »Ganz recht. Denken Sie an Crippens Geliebte, Ethel Le Neve. Sie war eine reife Frau, aber als sie versuchte, in Männerkleidung über den Atlantik zu fliehen, hielt man sie für einen ganz jungen Mann.«

Wexford trank einen Schluck und fuhr dann fort: »Die Natur hatte Rhoda als Frau nicht sehr großzügig ausgestattet. Sie hatte ein unscheinbares Gesicht, eine große Nase, starken Knochenbau und eine flache Brust. Als junges Mädchen trug sie betont weibliche Sachen, um diese Nachteile auszugleichen, wurde aber dadurch für Männer nicht attraktiver. So muß sie langsam zu der Überzeugung gekommen sein, daß es ein ausgesprochener Nachteil ist, eine Frau zu sein. Weil sie eine Frau war, hatte man ihr eine gute Schulbildung vorenthalten und nahm als selbstverständlich an, daß sie ihr Leben als Aschenbrödel beenden würde. Sicher wäre sie im Elternhaus geblieben und zu einer verbitterten alten Jungfer geworden, wenn nicht das Glück ihr Schicksal gewendet hätte. Sie gewann eine stattliche Summe im Fußballtoto, zog nach London und begann zu schreiben. Es ist denkbar, daß sie zu dieser Zeit anfing, die bunten Kleidchen abzulegen, die ihr so gar nicht standen, und statt dessen Hosen, Pullover und Jacketts trug. Vielleicht hat man sie in dieser Kleidung ein- oder zweimal versehentlich für einen Mann gehalten, und sie ist dadurch auf die Idee gekommen. Oder – und das ist wahrscheinlicher – sie begann Männerkleidung zu tragen, weil das, wie Havelock Ellis sagt, einem tiefen Bedürfnis ihrer Natur entsprach.

Zu dieser Zeit muß sie dann auch einen Männernamen angenommen haben, vielleicht, als sie ihr erstes Manuskript an einen Verlag schickte. Zu verlieren hatte sie nichts – und alles zu gewinnen.«

»Ich habe mich etwas schneller von dem Schock erholt als Marie Cole«, meinte Burden, »aber ich meine, sie hätte doch etwas zu verlieren gehabt bei diesem Handel . . .«

Er warf dem Chief Constable einen unsicheren Blick zu, aber dieser meinte ungerührt: »Ganz richtig. Was war mit ihrer Sexualität?«

»Len Crocker sagte zu Anfang dieses Falles, das es Menschen gibt, die eine nur sehr geringe Sexualität haben. Und – um noch einmal Havelock Ellis zu zitieren – Eonisten haben oft eine fast asexuelle Disposition. So muß es auch im Falle Rhoda Comfrey gewesen sein.

Sie bemühte sich, so maskulin wie möglich zu wirken, sie kleidete sich betont schlicht, nahm weder Duftwässer noch Aftershave, sie hatte immer einen elektrischen Rasierapparat bei sich, obgleich wir annehmen dürfen, daß sie ihn nicht brauchte. Um den fehlenden Adamsapfel zu verbergen, gewöhnte sie es sich an, Rollkragenpullover zu tragen, und den für Frauen typischen ovalen Haaransatz versteckte sie unter einer Schmachtlocke, die ihr in die Stirn fiel.

Nur für ihre seltenen Besuche in Kingsmarkham bei ihrem Vater mußte sie wieder in die Frauenrolle schlüpfen. Ach ja, und bei einer weiteren Gelegenheit. Kein Wunder, daß die Leute sagten, sie sei glücklich in London und todunglücklich auf dem Land gewesen. Für sie war der weibliche Aufzug ungefähr so, als zwinge man einen Mann, in Frauenkleidern herumzulaufen.

Für diese Besuche hatte sie Frauenunterwäsche aufgehoben und ein Paar altmodische Schuhe mit Pfennigabsätzen. Daß sie bei Schuhen nicht mit der Mode ging, ist ganz logisch. Ein Kleid konnte sie notfalls kaufen, ohne es anzuprobieren. Bei Schuhen geht das kaum.«

»Aber Sie sagten, daß sie auch noch bei anderen Gelegenheiten wieder die Frauenrolle übernahm?«

»Bei einer Gelegenheit, Sir. Ihre Freunde und Bekannte konnte sie täuschen. Von ihnen hatte sie keine körperliche Untersuchung zu erwarten. Ihr Arzt war Dr. Castle in Kingsmarkham, den sie meiner Meinung nach allerdings kaum beansprucht haben dürfte, denn sie war eine gesunde, kräftige Frau. Im letzten Jahr starb er; aber als sie bei sich eine Blinddarmentzündung vermutete, mußte sie einen Arzt aufsuchen. Selbst die flüchtigste Untersuchung hätte ihm gezeigt, daß sie kein Mann war, also ging sie zu Dr. Lomond widerstrebend als Frau, gab ihren wahren Namen und eine Adresse an, die sie sich unterwegs ausdachte. So kam es zu dem Durcheinander um Mrs. Farriner.

Das war vor einem Jahr. Inzwischen hatte sie Polly Flinders kennengelernt, die sich prompt in den vermeintlichen Mann verliebt hatte.«

23

»Alles deutet darauf hin, daß Rhoda Comfrey sich über die Gefühle des Mädchens im klaren war«, fuhr Wexford fort, »und sie auch bis zu einem gewissen Grade ermutigte. Sie stellte sie als Sekretärin an, ging mit ihr in die Weinstube, fuhr sie heim, wenn sie noch spät in der Wohnung arbeitete, schickte ihr Urlaubsgrüße. Aber zu Intimitäten – auch zu harmlosen Zärtlichkeiten – ließ sie es nie kommen.«

»Trotzdem war es ein grausames Spiel«, erklärte Burden.

»Ich finde es sehr menschlich«, meinte Wexford nachdenklich.

»Man muß das mal von Rhodas Warte aus betrachten. Sie hatte als fünfundzwanzigjährige auf die Bewunderung von Männern verzichten müssen. Mußte es ihr nicht schmeicheln, daß sich in die Fünfzigjährige eine Fünfundzwanzigjährige verliebt hatte? Vielleicht ein armes, einfältiges Ding, aber immerhin ein junges Menschenkind, das sie liebte ... Wer hatte sie sonst noch geliebt? Ihre Mutter, aber das war lange her. Mrs. Parker? Diese Liebe hier war von anderer Art, etwas, was sich jeder einmal in seinem Leben wünscht.«

Griswold zeigte inzwischen Zeichen von Ungeduld. »Schon gut, Reg, kommen Sie zurück zur Sache. Sie sind Polizist und kein Seelenheini.«

»Die ›Sache‹, Sir, begann vor etwa einem Monat. Rhoda hatte ihren Urlaub längst geplant, aber inzwischen hatte ihr Vater einen Schlaganfall erlitten. Daß sie ihren Urlaub trotzdem anzutreten gedachte, stand fest, aber sie überlegte, ob sie nicht vorher noch einmal bei ihm vorbeifahren und feststellen sollte, wie die Dinge standen. Sie rief ihre Tante an, um sie über den geplanten Besuch zu informieren. Als sie telefonierte, war Polly Flinders bei ihr in der Wohnung, aber nicht die ganze Zeit im gleichen Zimmer.

Polly wußte, daß Grenville West schon ein paarmal unter großer Geheimhaltung am Wochenende verschwunden war. Wir dürfen wohl davon ausgehen, daß es Rhoda Spaß machte, sie über den Grund dieses Verschwindens im unklaren zu lassen, und daß sie wußte, wie eifersüchtig Polly war. Rhoda nannte deshalb absichtlich Lilian Crown ›Liebling‹. Polly hörte das und kam zu der Überzeugung, West habe eine andere Freundin, die auf dem Land lebte. Zweifellos stellte sie auch Fragen, wurde aber mit der Bemerkung abgefertigt, das ginge sie gar nichts an. Sie beschloß, am Montag nach Stowerton zu fahren, um der Sache auf den Grund zu gehen.«

»Warum ist Rhoda nicht gleich nach Kingsmarkham gefahren?« fragte Burden dazwischen. »Wozu dieser Umweg über das Hotel Trieste?«

»Sehr einfach«, gab Wexford zurück. »Kannst du dir vorstellen, was es für ein Aufsehen erregt hätte, wenn sie im Kleid und mit hochhackigen Schuhen ihre Wohnung verlassen hätte?«

»Dann hätte sie sich vielleicht in einer Toilette –« Burden unterbrach sich hastig, aber Griswold hatte schon lachend den Faden aufgenommen.

»Wie sollte sie bei ›Herren‹ hereingehen und bei ›Damen‹ wieder herauskommen, Mike? Das erklär mir mal . . .«

Wexford war nicht zum Lachen zumute. »Sie pflegte sich immer in Hotels umzuziehen«, sagte er, ohne eine Miene zu verziehen, »und zwar meist in Hotels außerhalb von London. Diesmal hatte sie – besonders da die Touristensaison auf dem Höhepunkt war – keine große Auswahl. Wahrscheinlich hat sie am Samstag erfolglos ein paar Hotels angerufen und hatte endlich Glück im Trieste, in dem sie schon einmal übernachtet hatte – anläßlich ihres Besuchs bei Dr. Lomond.

Also fuhr sie ins Trieste, den Wagen schon für den Frankreichurlaub beladen. Vivian sollte denken, sie sei auf dem direkten Weg nach Paris. Den Wagen ließ sie in der Hotelgarage. Paß und Devisen schloß sie im Kofferraum ein. Sie selbst behielt die Wagenschlüssel und ihre neue Brieftasche, die Sie in die Handtasche steckte, als sie am nächsten Tag als Rhoda Comfrey das Hotel verließ.«

»Und wenn man sie dort gesehen hätte?«

»Die Gefahr war gering. Wäre ihr eins der Zimmermädchen begegnet, hätte sie sagen können, sie wolle ihren Bekannten Mr. West besuchen. Es muß leicht gewesen sein, sich unter die Gäste zu mischen, und als einer achtbaren Matrone dürfte man ihr kaum irgendwelche unmoralischen Absichten unterstellt haben.«

»Das nehmen sie in den Hotels heute sowieso nicht mehr so genau«, meinte der Chief Constable. »Aber ich komme noch nicht so recht mit dem Paß klar. Daß sie einen Paß auf einen Männernamen haben mußte, leuchtet mir schon ein. Aber warum gerade diesen Namen? Sie hätte ihren Namen amtlich ändern lassen oder den Namen Comfrey behalten und einen jener Vornamen annehmen können, die in England für Mann und Frau gebräuchlich sind, Leslie zum Beispiel oder Cecil.«

»Eine amtliche Namensänderung bringt die Gefahr unerwünschter Publicity. Ich glaube aber nicht, daß das der einzige Grund war. Sie brauchte einen Paß. Einer dieser doppeldeutigen Vornamen hätte ihr nicht viel genützt, da auf dem Umschlag und auf Seite 1 des Paßinhabers die Anrede erscheint. Und wie hätte sie als Miss Cecil Comfrey dagestanden?«

»Donnerwetter«, sagte der Chief Constable anerkennend.

»Danke, Sir«, gab Wexford trocken zurück. »Nein, sie wählte den einzigen für sie absolut sicheren Weg: Sie beschaffte sich die Geburtsurkunde eines Mannes, der nie einen Paß brauchen würde. Sie wählte die Identität ihres körperlich und geistig behinderten Vetters. Im übrigen hat sie, wie ich gestern erfuhr, ihm all ihren Besitz hinterlassen.«

»Viel wird der arme John West nicht davon haben«, meinte Burden. »Was geschah, als Polly am Montag abend Rhoda traf?«

»Am Anfang des Buches *Apes in Hell*«, gab Wexford zurück, »werden zwei Zeilen aus Beaumont und Fletschers Stück zitiert:

Jene, die wir lieben, haben die größte Macht, uns weh zu tun;
Wir legen unser schlafendes Leben in ihre Arme.

Rhoda schrieb dieses Buch lange vor ihrer Bekanntschaft mit Polly. Ich habe mich gefragt, ob sie sich über die wahre Bedeutung dieser Zeilen je klargeworden ist oder überhaupt jemals wieder daran gedacht hat. Möglicherweise hat sie begriffen, daß Polly ihr schlafendes Leben in Rhoda Comfreys Arme gelegt hatte und daß sie ihr nie enthüllen durfte, wie die Dinge wirklich standen. Eonisten sind, wie wir von Havelock Ellis erfahren, oft ›gebildet, sensibel, kultiviert und reserviert‹.«

Polly, die an diesem Tag abends vor dem Eingang zum Stowerton Infirmary wartete, rechnete damit, West entweder *mit* einer anderen Frau oder auf dem Wege *zu* einer anderen Frau zu sehen. Zuerst sah sie West überhaupt nicht. Sie stellte sich in die Schlange vor der Bushaltestelle und beobachtete eine geschmacklos aufgedonnerte weibliche Person im Gespräch mit einer anderen, älteren Frau. Wann hat sie es begriffen? Ich weiß es nicht. Vielleicht hat sie zuerst Rhoda für eine Verwandte, möglicherweise eine Schwester von West gehalten. Aber an seinem Gang kann man bekanntlich jeden Menschen erkennen. Außerdem hatte Rhoda nie einen Versuch gemacht, ihre Stimme zu verstellen. Polly bestieg den Bus und ging aufs Oberdeck. Sie muß noch immer wie betäubt gewesen sein. Aber sie folgte Rhoda, und auf dem Fußweg standen sich dann die beiden Frauen gegenüber.

In diesem Augenblick muß bei Polly, wie man so schön sagt, eine Sicherung durchgebrannt sein. Wir müssen bedenken, daß sie auf eine Enttäuschung gefaßt gewesen war – aber nicht auf einen derartigen Schock. Was sie vor sich sah, war im wahrsten Sinne des Wortes eine Travestie, und was sie tötete, war eine Abscheulichkeit.«

Griswold machte ein verlegenes Gesicht. »Schade, daß sie in diesem Augenblick nicht begriffen hat, daß sie froh sein konnte, gerade noch einmal davongekommen zu sein.«

»Für sie«, sagte Wexford sehr ernst, »war das Ende der Welt gekommen. Erst später wird sie sich gedacht haben: Niemand darf erfahren, daß ich mich in einen Mann verliebt habe, der überhaupt kein Mann war. Alles schien ihr besser als diese Blamage. Und deshalb bestätigte sie die Geschichte, die ich ihr erzählte.«

»Kopf hoch, Reg«, sagte der Chief Constable. »Von Ihnen sind wir es langsam gewöhnt, daß Sie sich nicht an die Regeln halten.« Er lachte. »Der Zweck heiligt die Mittel. Trinken wir noch eins, ehe der Pub schließt.«

»Für mich nichts mehr, Sir«, sagte Wexford. »Gute Nacht.« Während sein Vorgesetzter ein wenig verärgert auf ihn blickte und sein Untergebener leidgeprüft die Augen gen Himmel richtete, trat er hinaus in die Dunkelheit.